海德堡語絲

金耀基 著

聯經重版序（二〇二五年）

歲月如水之流，一去不回，乙巳之春，不經不覺我已到了九十高齡，雖云身體粗健，但自己深知霞彩滿天也只是黃昏的夕照。日前，為答中大文學院長唐小兵教授之清囑，我寫了一幅「但知青春喚不回，不信青史盡成灰」的書法贈他。熟悉于右任之詩者，當知我是把于老之名詩改了二字，于右老之詩豪情萬丈，原詩首句是「不信青春喚不回」。我保留了原詩的第二句，多少表達我深信自己一生的書寫有今生也有來世。

我一生與書寫結下不解之緣，自一九五七年臺灣大學畢業，進入政大政治研究所，書寫就成為我生活的重要部分。在我過去七十年的書寫中，不計未成書的中、英文字，我先後已出版二十餘本書，不論這些書的價

值，每一本書都是我傾心傾力之作。我的書寫可分三類，一是學術類1，二是時（政）論類2，三是藝術類（包括散文與書法）3。學術類是我一生書寫的中心，也是我的志業所在，根本上是出於一種求「真」的欲念；時（政）論類的書寫是基於我作為一知識人的責任感，根本上是出於一種求「善」的欲念；至於藝術類的書寫則是抒發胸臆、舒展情懷，最有個己性之作，根本上是出於一種求「美」的欲念。

說到我的藝術類書寫，最有代表性的文學散文是我的三本「語絲」，即《劍橋語絲》、《海德堡語絲》與《敦煌語絲》。《劍橋語絲》與《海德堡語絲》先後在一九七七年與一九八六年分別由臺灣商務印書館與聯合報出版問世。這二本散文集都是我在香港中文大學獲得二次長假，在英國劍橋大學及德國海德堡大學研究、講學之餘，就我所見、所聞、所思、所感寫成的一篇篇散文。二〇〇四年我自香港中文大學退休，開始了我一生中的長假。二〇〇七年更有了二次故土神州之行，一是回

海德堡語絲　4

到六十年未回的原鄉——天台,一是去了「終生應該一到」的沙漠藝都——敦煌。返港後,寫了〈歸去來兮,天台〉及〈敦煌語絲〉二個長篇。

我一九八五年所寫〈最難忘情是山水〉的長篇(最早在《聯合報》刊出),香港牛津大學出版社的林道群先生在二〇〇八年即以此二長篇,再加上合成為「敦煌語絲」之名問世。自此,「語絲」三姊妹風行於華文世界,有多個版本。二〇二四年,香港中華書局,經我授權,為三本「語絲」出了精美的一套三冊的最後版本。我為此寫了一篇近五千字的〈談我三本「語絲」的今生來世〉。

書有自己的生命,一日成書後,書就獨立於作者之外,有了自己的生命歷程:三本「語絲」問世迄今,《劍橋語絲》已四十八年、《海德堡語絲》已三十九年,《敦煌語絲》也有二十年了。「語絲」的讀者橫跨幾個世代,三本「語絲」真是有幸,這三姊妹幾乎在每個世代都有知音之人,在此,我禁不住選述三輩人(我的長輩,同輩與較我年輕一輩)

對我「語絲」說的知音之語以與讀者共享。上世紀七〇年代，《劍橋語絲》尚未成書問世而只有在《聯合報》及《中國時報》發表的幾個單篇，臺灣文化界名士張佛千先生（曾任臺灣新聞處長，我並不認識，之後，我與佛千先生曾有一面之緣）給我一信，信中說：「……您寫劍橋，文筆好到使我不想親身去看劍橋，而願以『讀遊』，對於大作，翕置案上，句句皆美，選摘為難，這真是最精美的散文詩，遠逾徐志摩、聞一多諸人之作，自有新文學以來所未有也。」4

二〇二二年，以文學評論著名的黃維樑教授在他的《文學家之徑》一書中，指《劍橋語絲》中的一些細膩的書寫體現的是我的「陽陰美學」，是傲立散文界的一種獨特文體；並稱我是學術界、藝術界、教育界的一種「金光燦爛」的「稀有金屬」。坦白說，讀到張佛千先生的推美，我是很有些醉意的，而年輕我一輩的黃維樑教授的評語，則令我怦然心動，但是使我感動不已的是老輩史學名家牟潤孫教授對我的肯許與揄揚。應

該是一九八五年吧,那時我是香港中文大學的新亞書院院長,而牟潤孫先生則是中大退休多年的歷史學系講座教授,牟先生在一九八五年七月四日給我一信,信中說:「耀基院長先生:在《明報月刊》得讀大作〈最難忘情是山水〉[5],為之傾倒,真當代第一文情並茂之作也。予唯有欽慕,而絕無此才力成此類名世之佳製⋯⋯今午果奉到惠賜之專著《劍橋語絲》,欣感曷勝,真不啻拱璧之錫矣,今世才人難得,才人而兼學者尤為難得,兄以社會學家而兼為才氣洋溢之文人。弟年已七十有八,尚首次見之,故欽佩之情,殊非言語所能形容。平生不妄許人,亦無所求於先生,諒必不以為弟貢諛辭也。」[6]牟潤老寫此信時,已是望八之齡,歲月匆匆,牟老早已仙歸道山,而我竟亦已到了九十之年,重讀牟老舊信,已有隔世之感,但我總希望後世讀「語絲」之人,可以知有牟潤孫這樣老輩學者的不可及的識見與襟懷。

誠然,最令我歡然有喜的是散文家董橋對我「語絲」散文的品題,

他對我的散文有特別的偏愛,他在一篇〈「語絲」〉中品題我的散文為「金體文」,他評「金體文」時說:「這是文學的神韻,是社會學的視野,是文化的倒影,更是歷史多情的呢喃,都在金耀基的胸中和筆底。」實在說,《海德堡語絲》中的十篇「金體文」都是被董橋的快信激勵催促寫就的,那時他是《明報月刊》的主編,這是我之所以視董橋為「金體文」的第一知音。之後,我讀到梁錫華(佳蘿)在一個「遊記文學」的會議中一篇評論我的《海德堡語絲》的論文。梁錫華是徐志摩專家,也是比較文學的教授,他顯然是一個喜歡「金體文」的人。他說:「『金體文』可誦,有文士德性、哲人頭腦,且有行政高材的社會學家,⋯⋯『金體文』往往給讀者以啟迪,又豈只松風明月、石上清泉而已。」最後,他在文中評《海德堡語絲》說:「處身在宏麗的文學殿堂,金氏書的金光,無疑會長期閃亮於遊記文學的一角,即使歲月無情,相信也難把它沖刷掩藏。」

海德堡語絲　8

毫無疑義，於我個人言，對我一生書寫，特別是學術書寫與藝術書寫（散文與書法）最使我有「知我」之感的是亡友史學大家余英時大兄（他長我五歲）。八年前，二〇一七年三月，香港集古齋的趙東曉博士為我舉辦了一場「金耀基八十書法展」，這是我有生以來首個書法展，是年我八十二歲，英時大兄八十七歲，開幕式中，萬想不到在董建華先生致詞後，輪到主禮嘉賓董橋講話時，他從口袋中緩緩取出一紙，竟然是宣讀了余英時託他宣讀的一帖賀文：

「耀基兄的書法是他藝術人生的最圓滿的體現，卻一向為他的學術志業所掩蓋，退休以來十餘年間，書法竟成為他的生活中心，勤習之餘，卓然成家⋯⋯藝術精神貫穿在耀基兄的全部生命之中，書法不過是其中的一環而已，事實上，以他的『語絲』為名的所有散文是藝術的化身，而且他在百萬言的學術論述中，也時時流露出藝術的光芒⋯⋯。」

英時大兄對我的為人治學，特別是對「語絲」散文的毫不保留的

聯經重版序（二〇二五年）　9

讚許,非深知我、厚愛我者,不能有此文墨。我與英時大兄相知相交四十八年,是有緣,也是我一生中的幸事。二〇二一年八月一日英時大兄駕鶴仙去,走進歷史,融入星空,我在蒼涼無語中,寫了〈有緣有幸同半世〉六千字長文追念一代史學大家余英時大兄。8

聯經的陳逸華先生月前來信,表示《海德堡語絲》計畫重版,並要我寫一新序,這自然是令人高興的事,算來《聯合報》於一九八六年出版的《海德堡語絲》迄今已近四十年之久,在這四十年中,世界以及兩岸三地都已發生巨大變化,我的「書寫人生」則踵事增華,幾無日不在筆墨中上下求索。前面提到,我的散文集《海德堡語絲》亦早於二十年前與《劍橋語絲》、《敦煌語絲》分別在香港、大陸以「三姊妹」的姿態出現於華文天地,一九八六年《聯合報》出版《海德堡語絲》時,我是中年之人,而今二〇二五年,我已是老年中的老人;我與當年《海德堡

《語絲》臺灣讀者睽違已經太久，趁這次重版的機會，我簡略地寫了這篇有關作者的人與書，是為新序。

二○二五年三月十四日於香港

注釋

1 我的學術書寫，包括《從傳統到現代：中國現代化與中國現代文明的建構》（香港中華書局，一九六六初版，二○二三擴大版）；《百年中國學術與文化之變》（香港中華書局，二○二○）；《中國民本思想史》（嘉新水泥文化基金會，一九六四；臺灣商務印書館，一九九○；香港中文大學出版社，二○二五）；《中國社會與文化》（牛津大學出版社，一九九二；香港中文大學出版社，二

2

我的時（政）論書寫，包括「時論」的《大學之理念》（香港中文大學出版社，一九八五初版，二〇二五擴大版）；《中國現代化與知識分子》（香港大學生活，一九七一；臺北，時報文化，一九九一）；《現代人的夢魘》（臺灣商務印書館，一九六六）；及「政論」有《中國民主之困局與發展》（臺北，時報文化，一九八四、一九九〇）；《中國人的三個政治》（遠見叢書，臺北，二〇二五）；《中國政治與文化》（牛津大學出版社，二〇一三；香港中文大學出版社，二〇二五）；《中國的現代轉向》（牛津大學出版社，二〇一三；香港中文大學出版社，二〇一五）；《社會學與中國研究》（牛津大學出版社，二〇一三；香港中文大學出版社，二〇一五），及 *China's Great Transformation: Selected Essays on Confucianism, Modernization, and Democracy* (2018 the Chinese University of Hong Kong press) 等書。

經濟與生活，一九八八）；《兩岸中國民主的反思》（臺北，時報文化，一九九〇）。

3 我的藝術書寫，包括散文的有《劍橋語絲》、《海德堡語絲》與《敦煌語絲》（兩岸三地有多種版本）；《有緣有幸同斯世：金耀基憶往集》（香港中文大學出版社，二〇二二）；《人間有知音：金耀基師友書信集》（香港中華書局，二〇一八）以及四本書法集（香港集古齋出版）。

4 此信刊於《人間有知音：金耀基師友書信集》，香港中華書局，二〇一八，頁二九〇—二九一。

5 此文收入《敦煌語絲》，香港中華書局，二〇〇七。

6 此信刊於《人間有知音：金耀基師友書信集》，香港中華書局，二〇一八，頁二九八。

7 此信收入金耀基《人間有知音：金耀基師友書信集》，香港中華書

8 此文收入金耀基《有緣有幸同斯世：金耀基憶往集》，香港中文大學出版社，二〇二二，頁一九九—二一〇。

局，二〇一八，頁一三四。

自序（一九八六年）

十年前（一九七五—六）在劍橋耽了一整年。我極為鍾意那個天清地寧、充滿靈秀之氣的大學城，雖無濟慈的詩才，卻有他作詩的衝動。我不知不覺寫了好幾篇抒情寫景的散文，後來出了一本《劍橋語絲》的小書。

去年（一九八五）九月我去了德國的海德堡。我想有個靜靜讀書的環境，特別想多了解一下德國研究麥克斯·韋伯（Max Weber）的情形。韋伯是現代社會學的宗師，講社會學離不開韋伯，而韋伯、海德堡、社會學這三者有美妙的關係。海德堡大學就是當年韋伯讀過書、教過書的地方。今日海大的社會學研究所是「韋伯學」的一個重要中心。既然德國給了我一個研究訪問的機會，我就毫無考慮地選擇了海德堡。十年前的

五月晚春，我從劍橋曾到過海城小遊，不消說，我有過一次「驚豔」的喜悅。這一次在海城剛飄下第一片落葉的初秋，我重臨舊地。住下來後，越發感到這個山水之城的嫵媚與綺麗。

海德堡與劍橋是二種不同的美，二種不同的靈韻。而海城的秋色，清麗照眼，令人恨不得一手擁抱，只苦沒有端納（Turner）的彩筆，就寫起自說自話的散文來了。第一篇甫刊出，《明報月刊》主編董橋兄的限時快函就來了，勸我「多寫，多寫」。董橋自己寫一手好散文，眼高手也高，但他對我這類「小品」似有偏愛，還給它取了「金體文」的雅名。我已忘了郵差先生為他專送了幾封限時的快函了。不論短的、長的，都是文情並茂的「勸書」，也差不多是每讀完他的來信之後，我就想著下一篇的篇名了。的確，沒有他這樣一位勤於寫信、善於寫信的編者朋友的敦促，這本小書是不會問世的。我對這段建立在友誼之上的「文學因緣」是十分珍惜的，誠然，我也感念《聯副》和《人間》的編者瘂弦、蘇偉貞、

海德堡語絲　16

金恆煒和陳怡真,他(她)們樂意將這些文章發表,使我與國內外讀者保有了精神的感通。至於這個書名倒是我幼兒潤賓自香港來信中不經意提起的,他這樣說:「讀了您在海德堡寫的文章,您是否有意再寫一部像《劍橋語絲》的書?我在美看過劍橋一書,那時我視之為精神食糧呢!不知書名會否題作海德堡語絲?」就這樣,我就決定用《海德堡語絲》。

其實,這個書名很恰當,因為這本小書寫的不盡是風景,它有對德國的文化、歷史、政治的所見、所思。這些不屬於「高頭講章」的議論,只是隨感式的語絲。儘管書中所寫的不限於海德堡,但每個字都是我在海城的尼加河(Necker)畔和瑪茲街二個寄旅的客舍裡寫的,謂之《海德堡語絲》,不亦宜乎?這樣便與《劍橋語絲》成為一對姊妹篇了。而海德堡與劍橋這二個大學小城不原就是一對姊妹城嗎?

海德堡這個山水之城的美,德國大詩人歌德、荷德苓(Hölderlin)以及浪漫主義的名士早就歌讚不已,英國的端納更用彩筆畫下了他所

捕捉到的印象。最妙的是馬克・吐溫，這位以幽默諷刺著名的美國文豪，常有驚世駭俗的奇筆。他對世界聞名的水都威尼斯竟然會這樣說：「這可以是一個美麗的城市，假如把它的水都抽乾了的話。」但當他在一八七八年抵海德堡時卻收起了一切辛辣嘲諷的字彙，竟然發出這般的讚美：「當你覺得白晝的海德堡──以及它的周圍──是美得不可能更美的了（the last possibility of the beautiful），可是在你見到了夜色裡的海德堡⋯⋯像一條下墮的銀河，而邊界上燦如星群的車軌，那麼你就需要一些時間再下判斷了。」在我看來，馬克・吐溫對海城的夜色是誇大了，至少我相信，假如他有緣到香港的山頂，看過維多利亞港黃昏後珠光鑽色的奇景，他就真要落筆小心了。在海德堡時，吐溫還與當時在海大讀書的哈里斯（Frank Harris），乘木筏，險遊尼加河的上游，寫了不少真真假假的妙文。據說，這次神祕的木筏之旅的經驗，促發了他的幻想力，使他日後寫出了 Huckleberry Finn 的傳世之作。

馬克・吐溫不止讚海德堡，當他在德國北方初於漢堡上岸之際，已經愛上了這個國家。在佛蘭克福（Frankfurt）他致友人的信中說：「這片土地真是個樂園，多麼繁榮，多麼清潔的衣衫，多麼美好的面孔，多麼安詳的滿足，多麼乾淨，多麼了不起的政府。」吐溫走到哪裡，都稱讚德人的乾淨、德人的有禮。他特別覺得德國出名的六寸厚的金甲蟲最為精彩。在他眼中，甚至連德國一種叫 Maikäfer 的金甲蟲（June bug）也要「優越」些。（據我了解，他好像只抱怨過德文，認為那是一種「可怕的語文」！）我不知 Maikäfer 是否比 June bug 優越，也許牠們根本是不同屬類的昆蟲，說不上誰優越不優越，不過，我在瑪茲街睡的還是吐溫所說的那種六寸厚的「羽毛被」，又輕又軟，確是精彩。至於吐溫說德人愛乾淨、有禮數，也確是不算離譜。而這印象，絕不是從二次大戰後好萊塢所製的影片中所能得到的。當然，德國也不是《鏡花緣》中的君子國。我在南部烏凌姆（Ulm）時，就見過一個蠻不講禮、

毫無文明的無賴漢，在他身上只會令人憶起納粹的醜態。一百多年後的今天，德國問題多多，已不是吐溫口中的「樂園」，其實，地上哪有樂園？不過，戰後的德國在一片戰火灰燼中迅速復興，到處見到文化的活力、自由的精神，確是一隻劫後重生的火鳳凰！

在海德堡近四個月，德國友人說，海德堡太美、太浪漫，不能代表德國，我就以海城為基地，作了幾次旅行。萊茵河之旅，不止欣賞到這條象徵德國的歷史之河的風光，更在萊茵河畔，看到波昂國會中民主運作的美景。柏林之旅，當然不能不看那道牆。由那道牆，想到柏林的閘割、德國的分裂，以是，也想到二次大戰，想到吹脹起來似巨人、脹破了原來是個小丑的希特勒。而由希特勒建造第三帝國的瘋狂之夢，不能不聯想到創造第二帝國的俾斯麥。真妙，在弗得里簫（Friedrichsruh）這個鐵血宰相的故居，竟然看不到半個人影。這一代的德國人在想些什麼？我不太清楚，但我知道他們對第三帝國的凶行敗德感到罪羞，他們

要隔斷「政治的過去」。他們所喜愛的是自由，平平凡凡的自由，不再是那些吹噓大日耳曼的政治符號和價值。在德國之旅中，給我強烈印象的不止是德人對「政治的過去」的冷漠，也是他們對「文化的過去」的熱愛。在積極的現代化過程中，德人還緊緊地擁抱著傳統。歌德、席勒（Schiller）、海涅、貝多芬、巴哈、華格納、杜勒（Albrecht Dürer）依然親切地活在他們的心中，不論走到哪裡，都感到傳統的存在。真的，在我閒步走過的德國小城，特別是那些古老的大學城，最使人歡然有喜的便是「傳統」與「現代」細針密縫的有機結合了。我在給董橋的信上說：「我就是喜歡這種現代與傳統結合一起的地方⋯有歷史的通道，就不會飄浮；有時代的氣息，則知道你站在哪裡了！」

在海德堡，一直沉醉在秋山秋樹秋水裡，四季中，我最愛秋，在海城，過的是「踩著沙沙落葉的日子」，清冷中自有雅趣。在探盡海城之秋後，我曾有巴黎—日內瓦—佛萊堡（Freiburg）的「秋之旅」。秋太玲瓏、太

脆弱，來時匆匆，去時匆匆。追秋的腳步到日內瓦時，竟遇到了瑞士第一次的初雪！說到雪景，我最難忘的自然是仙氣逼人的莫札特故鄉「薩爾斯堡（Salzburg）之冬」了。

每次從外地旅行回到海城的居處，就有「異鄉人」返「家」的快樂。

在悠悠的鐘聲中，把我的所見、所思寫成一篇篇的「語絲」，真的，我記不起有哪一次沒有聽到古堡傳來中古的鐘聲！

海德堡大學六百週年（一九八六）的第一個月的十二日黃昏，我離開了這浪漫的山水之城。沒有說「別了」，我還沒有看盡它的美呢！其實，我這個「永遠年輕、永遠美麗」的古城之美又怎能看得盡呢？特別是我二度海德堡之遊中，都未曾見到馬克·吐溫所說「歐洲一景」的古堡煙火。是的，一九八五年的除夕，在瑪茲街三樓房東漢娜與霍夫岡的家裡，倒也欣賞到了海城萬家齊放煙火、爆竹的景趣。那夜，不知開了幾支香檳，不知喝了幾瓶「巴騰」的美酒，還不到七分醉意的歡愉氣氛裡，大家祝

海德堡語絲　22

禱和平,並彼此深深祝福。在這個世界,誰能不需要一點祝福呢?

在海德堡時間不算久,但這個古大學城給予我比預想的多得多,一百多個寧謐的日子,不止讓我有時間靜靜讀書研究,還真正讓我有機會靜靜地思考。儘管這是我第二度到德國,但卻是我第一次「發現」德國。這裡收集的一篇篇語絲就是我捕捉的一鱗半爪的印象。誠然,這些印象都是主觀的、浮光掠影式的,我絕不敢說我了解德國。湯麥斯‧曼(Thomas Mann)說德人是真正匪夷所思的(Problematics),我實在看不透許多謎樣的事象。最妙的是我寫的都是德國的所見所思;但落墨之時,總不知不覺會聯想起萬里外的故國神州。有時,連自己都不知筆下多少寫的是德國、多少寫的是中國。中國越遠,就越會想起中國,文化的中國,山水的中國!我在整理《海德堡語絲》出版的文稿時,不由地把神州之遊的〈最難忘情是山水〉一文收錄在內,作為附篇。

一九八六年四月二十日於香港

目次

聯經重版序（二〇二五年）	003
自序（一九八六年）	015
重訪海德堡	027
永遠的年輕，永遠的美麗	039
探秋	057
踩著沙沙落葉的日子	065
秋之旅	077

韋伯、海德堡、社會學	093
萊茵河的聯想	125
柏林的牆	149
薩爾斯堡之冬	169
德國小城閒步閒思	185
附錄　最難忘情是山水	207

重訪海德堡

我又回到海德堡了,我有重晤故人的喜悅,海城依然是那副浪漫的氣質,而新秋時節,她似乎更嫵媚了。

九年前的五月初夏曾從劍橋到此小遊,即使已習慣了劍橋的美,我仍然為海德堡的美所眩惑,後來才知道這二個大學城還是一對姊妹城呢!哪個更美?我不想答,也答不來。她們是二種不同的美,是二種不同的完整的存在,當時僅僅四天的盤桓,卻留下長永的回憶。今年八月卸卻了新亞書院的行政擔子,我最想做的是靜靜地讀些書,特別是社會學家韋伯的著作,幾十年來,西方詮釋他的書已多得足可裝滿一個小型圖書館了。因了

德國政府給了我一個研究訪問的機會，我就毫無考慮地決定到海德堡。不止是我對海城懷念，海德堡大學也無疑是「韋伯學」的一個重要中心，畢竟海大是韋伯讀過書、教過書的母校，而他的傳世著作就是在海城尼加河畔的那所屋子裡寫的。

九月二十五日，新加坡航機降落在佛蘭克福機場，從機場海關出來時，那親切的揮手給予我格外的驚喜。想不到李普秀（R. Lepsius）教授還是來了，我再三表示自己會坐火車去海德堡的。就是他上次駕車把我從曼漢大學送到海德堡的，就是他帶我去看了韋伯的故居的。一別經年，丰采依然，那帶有德國腔的漂亮英語仍是鏗鏘有聲。我已是半百之年，李普秀教授更是滿頭銀絲了。李普秀是前德國社會學會會長，一九八一年他從曼漢大學轉到海德堡大學的社會學研究所。他與所裡的同事施洛克德（W. Schluchter）教授都是《韋伯全集》編纂會的編輯人。從佛蘭克福到海德堡，在高速路上，風馳電掣，不消一小時就到了，李普秀教授開快車的那份瀟

灑，使我忘了二十小時的旅途怠倦，卻使我想起中文大學的鄭德坤教授來。

最令我稱心的是，海大社會學研究所就在海德堡「老城」的中心，坐落在尚達巷（Sandgasse）。後面是藏書二百二十萬冊的粉紅色巨石砌成的大圖書館和樸素的十五世紀的聖彼得教堂。左邊就是見了不能不想多站一會兒的「大學廣場」。但憑一己之信念與羅馬教廷爭抗，隻手推開宗教改革的馬丁·路德就在廣場的「獅井」旁主持過一場波濤洶湧的辯論。那是十六世紀初葉的事了。講起宗教來，就不能不講政治，海城幾百年來都是日耳曼的一個政教中心，事實上，一直是神聖羅馬帝國巴拉汀（Palatine）領地的首都（雖為領地，但對內行使王權），所以城雖不大，卻有王者氣象，海城是政教重鎮，風光誠風光矣，但卻也不知吃了多少政教紛爭的災難，一場三十年（一六一八—一六四八）的宗教戰爭，海城就幾乎

成為鬼魎世界。十七世紀末葉，巴拉汀與法王路易十四的衝突，海城就一度被法軍殘酷地夷為平地，今日的海德堡「老城」可說是十七世紀在灰燼中重建的。大學廣場上著名的巴洛克式的「大學老廈」（Old University Building）就是這個時期的建築。海德堡大學自一三八六年誕生以來，她的命運與海城的政教史就結下不解緣。其實，海大就是巴拉汀「明君」盧柏特（Ruprecht）在七十七歲時創立的。所以大學也以他及十九世紀另一位大學恩人嘉洛大公爵（Grand Duke Karl）為名。海大的歷史一時說不清，以後有暇再談吧。

向南走幾步，出了幽靜狹隘的尚達小巷，就進入目不暇給，洋溢著旅遊人笑語不輟的浩樸街（Haupstresse）了。不知是誰的好主意，這條街在一九七八年改為行人專用道了。浩樸街長一公里有奇，是德國最長的行人

海德堡語絲　30

街。儘管慢慢地踱方步,儘管優哉游哉欣賞兩旁看不盡的櫥窗,你都無須驚怕市虎傷人。累了,就在露天咖啡座坐坐,假如喜歡喝杯萊茵河的葡萄美酒或者德國最稱獨擅的啤酒,那麼隨處都有小酒肆,要想更多些情調麼?大白天都有點著燭光的酒座呢。我從未見過一條街上有這麼多有品味的咖啡座、酒肆、花店、書店和餐館。都是小小的,都是坐了就捨不得走的那種,講豪華,絕非香港、臺北可比,講氣氛則浩樸街的合心意多了,至少進去沒有口袋應付不了的恐懼。說到餐館的口味,儘管沒有我鍾意的四川菜,但還是很國際化的。施洛克德教授邀我午餐的就是一家希臘館子,桌椅老得像古希臘的遺物,施洛克德是近十幾年聲譽鵲起的韋伯學專家,他的德文著作我無法看,他的《韋伯的歷史觀》(*Max Weber's Vision of History*)(與盧特〔G. Roth〕合著)及《西方理性主義之興起》(*The Rise of Western Rationalism*)二本英文著作(皆為盧特所譯),則細緻深透,文理密察,在在都顯出創見與功力。他目前也是加州大學柏克萊校區

的教授,美國上一輩的韋伯學學者,如柏深思(T. Parsons)、班迪克斯(R. Bendix)、葛思(G. H. Gerth)、納爾遜(B. Nelson)等,或已死、或已老去;施洛克德正是乘時而起的表表者之一,在海城希臘小館子裡談韋伯的學說,實在是很有意思的經驗。

浩樸街上,有許多廣場和建築,充滿了歷史與傳統的魅力,嘉洛斯廣場(Karlsplatz)附近的 Palais Boisseree 的居屋,曾是歌德於一八一四年及一八一五年二度作客的地方,歌德是專程來欣賞主人收藏的古畫的。它東北角上的二個酒肆,色柏(Seppl)與紅牛(Roter Ochsen)牆上掛滿的是海大昔時學生的照片,桌子椅子盡是學生哥、學生姊密密麻麻的刻字。在海大攻讀教育博士學位的謝立銓兄誠意邀我在「色柏」喝了一大杯啤酒,我當時下意識地想尋找韋伯的痕跡,因為他在海大讀書時,也就喜歡喝酒、狂歌和搞決鬥的玩意,希望在臉上留點疤痕的調調兒。

海德堡語絲　32

從「嘉洛斯廣場」轉幾步就是「市墟廣場」（Marktplatz），一週二次，擺滿了水果、蔬菜、鮮花、和土產攤位。市墟廣場正中矗立著的是「赫克利斯井」，旁邊的市政廳，雍容優雅，已近三百年的歷史了。當然，廣場上最搶眼的是「聖靈大教堂」了，這是十五世紀初葉以來，幾經修建的哥德式的粉紅色巨大建築。大學的儀典有時在此舉行，莫札特六歲時還在這裡演奏過呢！

海城沒有大博物館，但浩樸街上「高弗茲」博物館中那個六十萬年前的「海德堡人」的下顎骨就值得一看。這是迄今地下發現最早的歐洲史前人。當然，我不能不想起我們更早的「北京人」來。對了，他（她？）老人家現在何處？

重訪海城，不能不重訪古堡，古堡是海城之美的化身，從研究室出來，繞過海大圖書館抬一下頭，半山上那個龐大殘缺的粉紅色古堡就直接照面

再繞過幾條巷子,再一步步攀上又斜又長,對腳力是嚴峻考驗的石磚路,到了古堡,稍喘口氣,再穿過幾個門,就進入古堡的中庭了。站在庭中央,你就被一座座巨大的粉紅色的建築包圍了,所謂古堡,當然有軍事性城堡,但古堡裡面卻是六百多年來歷代巴拉汀統治者所建的宮宇,這些宮宇不止反映了歷代王君大公的品味,也反映了不同時代的建築風格。我還是最喜歡「奧多漢尼克宮」,這是德國文藝復興式頂尖的建築,但如今只剩下大建築的一片巨大的正面牆了。即使是一片殘牆,仍然有逼人的炫美。牆上所雕舊約的耶和華、赫克利斯及台維三像,更是形象飛揚,飄舉欲仙。歌德把建築喻為「硬性的音樂」,古堡的一座座建築,就好像一曲曲音樂,美則美矣,卻不免都有些悲壯殘缺的節奏。在夕陽殘照下,坐在中庭的石凳上,靜聽殘堡奏出那組硬性的、殘斷的樂曲,誰能無一絲人事難圓、古今興亡的唱嘆?!

海德堡是歷史的名城，不止在歐洲政教史中扮演了重要角色，在歐洲文化史上也有她輝煌的一頁。十九世紀德國文學的浪漫主義繼古典主義興起，古典主義重知性，以希臘為模型；浪漫主義則標舉情感，崇尚人性自然之善，而以中古為嚮慕之對象。一八一〇年，凱蘭勃（Graimberg）雲遊到海城，一見古堡，驚為天物，便盡力搶修，故得以殘而不廢，呈現了罕見的殘缺之美，而古堡之所以為凱蘭勃傾心，正因古堡為中古精神之象徵耳。白倫塔那（Brentano）、阿爾尼姆（Arnim）等一批浪漫派詩人、畫家也雲集海城，他們發掘德國古代的民謠，煥發對自然與歷史之愛，他二人合編的《兒童的魔笛》即是一部推動德國浪漫主義與民族主義的傳世之作。就讀海大的愛欣道夫（Eichendorff）即受《兒童的魔笛》的影響，譜寫了百口傳誦的詩歌。當然海德堡的浪漫主義在學生生活中更顯發了特

有的姿采。海大之子薛非爾（Scheffel）熱愛海城，最愛在橫跨尼加河的「古橋」（Old Bridge）旁的啤酒花園與好友飲酒賦歌，他的〈可愛的古老的海德堡〉熱情洋溢地讚美這個古城，並把古堡中日進斗酒的侏儒白爾柯（Perkeo）在筆下賦予永生，成為海大學生寵愛的小人物。到了一八九九年，梅逸－佛斯特（Meyer-Förster）所撰《古老的海德堡》一劇，描寫一個王子在海大讀書，愛上了一位酒肆少女，但終因社會身分之異殊，含恨分手。這個愛怨悱惻的浪漫劇，到了二十世紀，又經奧地利的龍勃格（Romberg）譜為歌劇，名為《海德堡的學生王子》，在美國百老匯久演不衰，不知感動了天下多少男男女女，而海德堡這個浪漫的大學城更在新大陸家喻戶曉了。二次大戰時，德國城市幾無不在美軍地毯式轟炸下化為殘垣，但獨獨海德堡得以全保，未損毫髮，此豈偶然哉?!

海德堡是一山城，但尼加河穿流而過滅殺了它的陽剛性格，所以也是一靈韻搖動的山水之鄉。尼加河上流二邊，山谷幽幽，紅屋遍山，自海城船遊一小時，便有一稱「尼加西坦納」（Necka rsteinach）的「四堡之城」，不論船上看，上岸看，都是醉人的景色，說到醉人的景色，我住處附近的老城尼加河對岸的大草坪，也有景不醉人人自醉的風光。九月末梢的海城，秋色未濃，太陽還是暖烘烘的，那大草坪便是海城男女晒日光浴的絕佳之處了。只要你不「非禮勿視」，你就隨處可見三點式的健美少女，有的豪放女，還是上空的，更有超級的豪放男，甚至袒裼裸裎呢！幾乎沒有例外的，或坐或臥，他（她）們一定不是一卷在手，就是書展草上，神情專一，旁若無人的。這一幕帶有「書卷氣」的無邊景色，在劍橋的劍河河畔是欣賞不到的，也是我九年前海德堡之行所未見到的，這應該是這浪漫古城之現代的浪漫新貌了！

海德堡的美麗，在浪漫主義的名士的詩篇中早已一再地歌詠了，薛非爾這樣寫道：

古老的海德堡，汝美麗之城，充滿榮耀，在尼加或在萊茵，無一是汝之比！

一別九年，在剛飄下第一片落葉的九月，我又重返這浪漫的山水之城。

「聖山」之腰，「哲人路」所見的海德堡

永遠的年輕，永遠的美麗

——漫談海德堡與海德堡大學

「永遠的年輕，永遠的美麗。」不知是哪位詩人說的，今天的人都拿這二句話來讀美海德堡了。

美麗是很難爭辯的，一連串的德國浪漫派名士，像白倫塔那、阿爾尼姆、愛欣道夫，還有高標自舉的大詩人荷德苓、尚‧保羅（Jean Paul），都曾用彩筆歌詠海城的美麗。即使慣於挖苦的馬克‧吐溫，當他雲遊到此，也只是有讚無彈，許為歐洲最美的城市之一。真的，你如站在「聖山」之腰的「哲人路」（Philosoph-enweg）向下俯視，特別是初秋的煦陽下，對於那呈現在眼前的一大片、一個接一個的粉紅屋頂組成

的古屋群，再加上那橫跨墨綠綠的尼加河的粉紅色「古橋」，尤其那亭峙嶽立在半山的殘缺的粉紅色古堡，你不能不為這疑真似幻的景象發出由衷的讚嘆。無怪乎海城有「浪漫之城」的稱號，無怪乎海城素來被描寫為一個教人「失魂之城」了！

「年輕」，「永遠的年輕」，這怎麼呢？至少第一次提到海德堡的記載是一一九六年的事，也已經近八百年了。至於羅馬人在紀元前八十年在尼加河北岸屯軍，也是有史可稽的，再早些，海德堡「老城」對面的「聖山」在紀元前四百年，居爾特人（Celt）就聚族而居了。當然，更毋須提考古學家發現的「海德堡人」了。那已證實約在六十萬年前了。說實在，海德堡老得很，它的相貌又古典又老趣。在老城裡，除了一條「傳統」與「現代」細針密縫在一起的浩樸街，都是小巷子，小巷之外，還有一些只有二個小個子勉強比肩可行的迷你小巷。這是十足的中古小城的格局，我過去只在英國的劍橋和約克才見過更玲瓏的巷子。但是，古

海德堡語絲　40

「傳統」與「現代」細針密縫的「浩樸街」

老的海德堡也的確給人「永遠的年輕」的感受。這不止是由於她朝氣蓬勃的無煙工業（每年世界各地來觀賞古堡的，有三百萬人的驚人數目），而是因了海德堡大學的存在！「大學是唯一永遠不會老的機構，每年有一大群的青年離去，又有一大群更年輕的青年進來。海大已五百九十九歲了，但那是年輕的五百九十九歲。

九月二十八日，海城歡祝秋之來臨。海大的長永青春，使海城長永不老！樂，飄盪在「聖山」之麓，「尼加」之畔，一公里長的浩樸街上的酒香和音樂，散發的是一片年輕的氣息。

海德堡大學的五九九年的歷史卻不是一直那麼自由、開放與歡樂的。海大成長的歷程與海城的曲折歷史是無法分開的。有歡樂的辰光，也有悲慘黑暗的時刻；事實上，她的基調是很悲涼的。

海大於一三八六年誕生。她是神聖羅馬帝國的巴拉汀主權國大諸侯盧

柏特所創的。在史家的筆下，盧柏特是一位頗可稱道的「明君」。在史派亞（Speyer）、史屈斯堡（Strasbourg）這些城市起來反抗他時，他對那些反對者固然顯示了毫無憐憫的殺戮，但他卻懂得容忍的重要。當瘟疫從義大利傳到德國時，南部的佛萊堡、巴剎的德國人就以猶太人為代罪羔羊，指他們在井裡、溪流放毒，猶太人無辜地被殺、受酷刑。盧柏特則挺身為他們講話，並提供保護，很多猶太人都逃來了海城避難。不過，盧柏特真正為後人追念的還是他七十七歲時創辦了海德堡大學。

由海德堡大學創立這件事，又不能不說說中古世界的政教怪局了。

一三七八年，義大利的紅衣主教選了厄朋六世（Urban VI）為教皇；詎知法國不服，又選了法人克萊蒙七世（Clement VII）做自己的教皇。二個教皇不啻是天出了二個太陽！這真是中古宗教世界的大地震、大分裂。這個大分裂象徵了民族主義或者政治壓倒了宗教。當時在巴黎大學執教和讀書的德國人是效忠羅馬的，自然不得不大批從巴黎大學撤出。須知

43　永遠的年輕，永遠的美麗

中古時期巴黎大學是一宗教性的機構，學術是附屬於宗教的，根本沒有學術獨立這回事。這批教授與學生的大回流，乃是盧柏特創設海大的客觀環境。海大的結構仍照巴黎大學的模型，分四學部：即神學、法律、醫學和文學。當然，大學亦是教會的機構，校長與教師清一色的是教會人士。教學語言跟歐洲所有中古大學一樣，都是拉丁，拉丁是當時的國際語言。要到一百年之後，結過婚的世俗人始准在大學執教鞭。

大學自呱呱墜地以來，她的命運，好好壞壞，與主政海城的王公諸侯的偏好，特別是他們的宗教信仰息息相關。六百年來，轉折之多，苦難之多，一言難盡。盧柏特的兒子，盧柏特二世，熱中於歐洲政治，他還用權術使自己選上了神聖羅馬帝國的帝皇寶座，不過，他對海大的唯一貢獻恐怕是重建那座矗立在「市墟廣場」上的哥德式的「聖靈大教堂」了。當然，別忘了，大學就是一宗教組織呀！這個大教堂之建立是在宗教危機白熱化的時刻，天主教的整個結構已經搖搖欲倒，當時不止二個教皇

海德堡語絲　44

分庭抗禮，第三個教皇，約翰二十三也出籠了。宗教宇宙幾乎要演歐洲版的三國演義了。這個大教堂的出現多少給天主教一些精神支持。

海大的發展，比較值得一述的，要等到佛屈力克（Friedrich）主政海城之時。儘管海城市民對佛屈力克很受落，但海大學生卻頗不歡迎，因為他是第一個大諸侯要求學生做效忠宣誓的。還好，當時沒有出現「市鎮」（Town）與「學袍」（Gown）之鬥，這在牛津、劍橋歷史上是司空見慣的。佛屈力克是個軍人，學術不是他的興趣，不過，他對時代思潮倒是頗感應的。是他首先把人文主義的學者請來海德堡的，海大的教師雖然竭力抵制，但人文主義的思潮畢竟當令了。人文主義標舉人之精神，反抗神本位的中古教條，人在宇宙中取得了新的位序。在海大，人文主義取代了煩瑣哲學，開始對教義的懷疑與挑戰，大學的氣氛大大地活躍起來了。

45　永遠的年輕，永遠的美麗

此後，海大的路向與馬丁・路德的宗教改革就血肉相連了。但不幸，亦以此，大學與教派的鬥爭也如響斯應，搞得昏天黑地，了無寧日。

路德是維特堡大學的神學教授，是一個有強烈良心感的人，但最厭惡教會與教士的虛偽矯飾。一五一七年，教士坦茲爾（Tetzel）為羅馬修建教堂，來德國募款。他的口號是：「當銀幣跌落募款箱的聲一響，捐款人的靈魂就直上天堂了。」路德對這種「向錢看」的廣告商氣味怒不可遏。他斬釘截鐵指出教會做「善工」不能救人之靈魂，只有真誠的信仰才能得救。在上帝與人之間不需要中間人。在當時，這當然是個石破天驚的言論。未久，路德來了海城，在大學廣場主持了一次論辯。路德一定是滔滔雄辯，令人動容的，至少海城王君的弟弟就邀他到古堡裡去晚宴了。

到一五四四年，宗教改革的力量正式進入海大，路德教派的儀式就在聖靈大教堂舉行了。到了奧多漢尼克（Ottheinrich）手上，海城從天主教完全轉到路德教了。這位巴拉汀主權國的大諸侯不但為海城帶來了新宗教，

海德堡語絲　46

他也在古堡裡建了一座美奐美輪的文藝復興式的宮宇，並開始建立巴拉汀圖書館（歐洲最佳之一）。對海大來說，最可稱道的還是他把上帝與凱撒的事清楚地分開來。海大一夜之間成為一世俗性的機構，批判之風因之興起，大學因之得以容忍不同的思想與理論，一個雛形的現代大學於焉出世。

奧多漢尼克無子嗣，他的承繼者佛屈力克三世又帶來了新變化。他完全揚棄了路德教義，轉向禁慾式的加爾文教義。加爾文教義比天主教教義與路德教義更重精神性。佛屈力克取笑彌撒申領聖體一套是「麵包上帝」，認為是完全否定了基督受難與犧牲，他便排斥一切宗教藝術的裝飾。在他統領下，海城成為加爾文教的大本營，被稱為是「日耳曼的日內瓦」——基督教徒的避難天堂。全歐最好的加爾文教的教授與學生都聞

風而至。但「好」景不常（好壞要看你從哪個角度看），佛屈力克之子魯維（Ludwig）接位後，又轉回到路德教義，海大的加爾文教派教師只好收拾行裝走路。殊不知魯維一死，他弟弟嘉西梅（Casimir）當權，整個大學又大換班；這次則輪到路德教派的教師執包裹了。嘉西梅對加爾文教信得有點狂熱，為了逼他妻子從路德教轉奉加爾文教，不惜殺害他妻子的親信，搞得她不得不放棄自己的信仰，但改信後不久就命歸黃泉了！西方人在宗教上，實在有些走火入魔，比之中國的「莫問三教異同，但辦人禽兩路」的態度，不可同日而語。在歐洲，宗教的苦難到「三十年戰爭」時更大大升級了。

　　一六一八年，天主教與基督教的戰爭的序幕揭開了。海城所屬的巴拉汀是基督教聯盟的領袖，天主教同盟則由德國另一個「巴伐銳」（Bavaria）國帶頭，雙方都與歐洲當時的大國結盟。其實當時德國基本上是一基督教國家，這個戰爭實在是基督教裡面路德教與加爾文教的內

海德堡語絲　48

訌，最不可思議的是「巴拉汀」與「巴伐銳」的領袖都屬於一個家族！戰爭不到四年，海城失陷，大學當然遭殃，加爾文教的教授一個個被放逐，而當時歐洲最佳之一的巴拉汀圖書館的藏書都也被送到了羅馬。一六四八年戰爭結束，德國也差不多已經變了面目，四分之一的人口死亡，三分之一的耕地荒蕪。海德堡的人口從戰前的五千五百降到五百人，大街小巷已是鬼魅世界，而大學也是弦歌聲斷，不見師生蹤影了。

海大得重新看到莘莘學子走進大門，主要是靠巴拉汀新主人翁嘉爾·魯維，他固然在經濟上使海城復甦，更對海大採取容忍的態度，他下令大學教師毋須宣誓其信仰，除神學院外，天主教徒也可以講學，他並禮聘荷蘭的史賓那沙（Baruch Spinoza）來校執教，只是這位大哲卻無意於鬢宮的生涯。應該說的是，今天我們見到的海德堡這個城、這個大學的底子卻是十七世紀末葉的威爾欣姆大諸侯的重建計畫奠定的，建築的主調是在哥德式結構的基礎上加上巴洛克式的上層。

海城與海大的坎坷命運並未隨「三十年戰爭」之結束而結束。細小的動亂不去講了。一七八九年法國大革命爆發，歐洲的一些君王大大震動，普魯士與奧地利這二個德國最強大的國家決定聯手支持法國王室，以此，在地理上居歐洲中心地帶的海城又不得安寧了。一七九九年，法軍佔領海城，而此時法國已非人民當家，拿破崙事實上是法國和德國的統治者了。在新的條約下，海城不再是巴拉汀的首都，而降為巴騰（Baden）的一個普通城市了。所幸巴騰的嘉洛大公爵對海大特別青睞，當大學財政瀕於崩潰時，他大力加以支持，並且為海大禮聘名師宿儒，其中薩凡尼（von Savigny）就是一位大法學家。海大希望因是又告回升。除了盧柏特創立之功外，嘉洛大公爵可算是海大的大恩公了，所以大學乃以他二人之名為名──Ruprecht-Karls。不過，有多少人曉得盧柏特──嘉洛就是

海德堡語絲　　50

海德堡大學，我就不知了。

在嘉洛大公爵的翼護下，海城海大都大有可觀。薩凡尼的內弟白倫塔那是一位浪漫主義的大師，他與阿爾尼姆等一批文士詩人都雲集海城，盡力發掘日耳曼的民謠與繪畫，掀起古典主義的浪潮，主張回歸中古，歌頌鄉土之愛與民族之情。海德堡遂成為浪漫主義的重鎮。不但象徵中古久已蕪毀的古堡，在凱蘭勃伯爵手中重新獲得美的新生，而此後在薛非爾，梅逸—佛斯特等人的妙筆下更刻繪了海德堡學生生活的浪漫情調。《海德堡的學生王子》的歌劇與電影則使海德堡的浪漫形象遠颺四海。

海城與海大的故事當然沒有完，因為它們與歐洲的歷史是不能割開的。當拿破崙稱雄德國時，有些德國人是歡迎的，因為拿翁掃除了古老的封建制，並引進了新的社會自由，但他越來越專制，德國並沒有獲得期待的政治自由，而畢竟他又是「非我族類」的外國人，所以後來奧地利與普魯士聯手，結合英、俄，還是把拿翁驅逐出萊茵河了。在維也納

會議中，目耳曼的王室又告恢復。當時目耳曼有三十九個「國家」，雖稱是邦聯，還是各自割據稱雄的局面，真有些像中國的春秋戰國。奧地利的梅特涅當時的名言是：「義大利是一地理名詞，日耳曼則是一抽象的概念。」日耳曼企求統一的願望不是沒有，一八四八年一批自由派人士在佛蘭克福召集會議，草擬憲法，目的就想有一巴力門式（parliament）的民主統一的德國，而召開這個會議的建議就是在海德堡提出的。當然，我們知道這個願望是黃粱一夢，德國的統一之夢到一八六二年在普魯士鐵血宰相俾斯麥手中才實現，從那時起海城享受了一段平安繁榮的日子，海大也得以一步步擴大，並贏得了世界性的聲譽。到了二十世紀初葉，海大已成為德國最自由、最國際性的學府，在尼加河畔可以看到不同種族、國家與宗教、政治信念的學人與學生。對我來說，最有興趣的是大社會學家韋伯在海德堡的情形。他是一八八二年進海大讀法律的，一九〇六年他繼凱尼士（K. Knies）出任海大經濟學教授（當時尚無社會

海德堡語絲　52

學教授），翌年即為病魔所擾，此後數年幾乎靠旅行養病，無法教書，一九〇三年起在海大擔任榮譽教授。這時，韋伯雖不講學，但研究寫作則無時或輟，他繼承的一筆遺產更使他不需為稻粱謀。從一九〇六年到一九一〇年間，每個星期天他的尼加河畔的居所，稱得上是高朋滿座、群賢畢至，當時圍繞著這位主人的都是學術文化界的名士新秀。除他弟弟阿佛特外，他的海大同事有 W. Windeband、G. Jellinek、E. Troeltsch、H. Rickert 等，從外地來拜訪他的有 W. Sombart、R. Michels、F. Tönnies、G. Simmel，年輕一輩的有 P. Honigsheim、K. Lowenstein、G. Lukacs、K. Jaspers，此外還有政治人物如 F. Nawmann、T. Heuss（後為德總統）、詩人 S. George 等，真可說星光燦熠，目為之炫，這個以韋伯為中心的人物後來被稱為韋伯圈（Weber-circle）。別的不論，單就社會學來說，韋伯圈顯然是當時世界最重要的知識分子圈子了。美國大社會學家柏深思於一九二五年來海大研讀博士學位，韋伯雖已於五年前入土，但柏深思還

是感到韋伯圈的影響力。

從韋伯圈我們就可想像當時海大是何等的光景了。即使一次大戰後，在希特勒未得勢前，海大仍然風光不減，在自然科學上尤其貢獻卓著。一九三一年，由於美國人對海大的喜愛與敬仰，在駐德大使舒曼的策動下，捐款建築了今日在大學廣場上的那座巍巍然的白色大廈。

海城久已為一自由主義的中心，海大久已為一自由開放的學府，但一九三三年納粹的力量伸展進來了，納粹黨在選舉中取得了百分之四十以上的選票。納粹的得勢，帶來了人類的浩劫。有人說德國是出巨人的國家（歌德、康德、貝多芬、愛因斯坦），也是出魔術師的地方，希特勒無疑是最大的魔術師，這個魔術師使德國蒙羞，當然也使海大蒙羞。當時，海大全部納粹化，教授學生一律穿制服，教授如不走納粹路線，

海德堡語絲　54

不是被逐，就只好乘桴浮於海，自我放逐了，教授的空缺就由「歌德派」的填上，有一位教授還莫名其妙地宣揚「亞利安物理學」呢！種族主義、民族主義、愛國主義在狂熱的迷火下扭曲到這樣可笑可悲的程度，余欲無言矣。

二次大戰中，德國城市鮮有不受戰火重大創傷的，但獨獨海德堡未遭一槍一彈，有人說是《海德堡學生王子》救了海城，是耶？非耶？迄今史家未有確切的答案，無論如何，一九四五年，在科學家鮑厄（K. H. Bauer）、哲學家耶士培（K. Jaspers）的折衝樽俎下，大學重開了。由於海大底子厚，很快又重新建立起世界的聲譽，畢竟在本世紀她就出了七位諾貝爾獎的得主。而今日各科都有可觀的成就，當代詮釋學大師葛德瑪（Gadamer），雖已八十高齡，還是生龍活虎退而未休呢！

海大從十月起就展開一系列活動慶祝明年的六百歲生辰了。海大在回顧六百年的歷史時，她固然會緬懷過去的榮光，但更應慶幸今日已從宗

教、政治的無知、偏執與狂熱造成的災難中走出來了。今日海大是一開放、自由與學術獨立的國際性學府。一三八六年十月十八日為誌念海大的創立，在原有的聖靈教堂舉行首次彌撒時，只有三位老師、幾個學生，而今海大已是二萬七千學生的大學府了。二萬七千個莘莘學子，在教室、在圖書館、在「浩樸」街上、在尼加河畔、在海城的每個角落，他（她）們是海城的活力和聲音，他（她）們使這個美麗的山水之城，洋溢著青春的躍動。

「永遠的年輕，永遠的美麗。」詩人這樣的謳歌海德堡、誰曰不宜?!

海德堡語絲　56

探秋

在海德堡，對秋的第一次驚豔，還是十月二十七日海大施洛克德教授請我去他尼加格夢（Neckargemünd）的家裡晚餐的那個下午。車一出海城，遠山近樹，一大片一大片的金黃紅紫，照眼的豔麗，迎面逼來，在古城的研究室裡，我竟差點誤了秋的蒞臨。

施洛克德家中落地窗外那一棵已經通身黃透了的楓樹，把雅致的客廳變成了清麗舒適的「賞秋軒」。他夫人碧琪煮的一滿壺咖啡，在面對一園的秋色時，就更香甜了。當然，也飲了不少葡萄酒和她親製的糕點。

縱使沒有秋菊和大閘蟹，我已覺無負這個秋了。另一對客人是剛從中國

大陸、香港回來的海大教授夫婦,他倆都大讚香港山頂風光之佳絕。噢,對了。我也憶起中文大學的秋天了。一面背山,三面環海的中大校園,在秋天的山頭是最清絕的,見不到落葉,但隔著雲山,就可遙望故國的萬木蕭蕭。

驚秋之後的第一個有陽光的早晨,我就隨著落葉,緩步登上古城對岸「聖山」的「哲人路」。一向靜幽幽的「哲人路」,在楓葉搖動中更增添了幾分冷趣,而哲人的「腳印」都已埋在黃的紅的落葉中了。從一棵還掛著稀落星散的紅葉樹中,向下遠眺,海德堡古城千百間凝聚成群的紅屋頂在陽光閃耀下,愈加紅得令人心動了。秋的太陽原來是可以這樣嫵媚的,也難怪十一月後總是千呼萬喚始露面了。坐在陽光灑落的石椅上,靜靜地看古老的海城,真是越看越醉,又豈止是「相看兩不厭」呢?!

海德堡語絲　58

坐著一椅吝嗇的秋陽（海城古堡後庭）

在這樣寒浸衣袖的季節，想不到還有不少探秋的人。是了，德國人是出名愛山林的民族，海城所屬的「巴騰—胡吞勃格」邦（Baden-Württemberg），是著名的「黑森林」之家，一半以上的居民每星期都會到山林散步，有的甚至不可一日不入林。工業先進的德人對工業文明的心情始終是矛盾的，偉大的文學巨靈像歌德、席勒、赫塞都是山林的詠讚者，難怪當德人知道他們七千四百萬公頃的森林有三分之一以上受到工業「酸雨」之浸蝕而受傷，甚或垂垂死亡時，他們的驚愕與創痛是可以想見的。「黑森林」竟有一山山、一谷谷的美林得了樹的「愛滋病」，失去了抗疫的能力了。海城在「黑森林」的北緣，「聖山」的樹林看來是幸運的，海城沒有什麼汙氣的工業，樹還是像樹一樣的在寒風中挺立著，儘管落葉紛紛，也只是脫去了秋裝，不是與世告別的淚雨。不過，海城人一定更格外覺得他們的山林的珍貴了。我看到一對銀絲滿頭的老夫婦，手牽手的停在滿山的秋林前細細低語。他們有一輩子談不完的情

海德堡語絲　60

話？還是在慶幸他們屬於仍能眼見無恙的山林的一代？

從「哲人路」向上深入，轉過幾條小徑，到了「俾斯麥碑」附近，樹更高了，落葉也更多了。見到幾個少男少女埋頭在滿地黃葉中找東西。

「找什麼呀？」我聽不懂德語，但手中交給我的是一顆栗子。噢！原來是香港、臺北街頭吃到的栗子！不知是不是天津良鄉的那種？真慚愧，這是我第一次見到栗子，原來還是藏在滿身荊刺的球殼裡的。那半綻開球殼裡的栗子的色澤，不嘗就知其香甜可口的了。江南逃難的童年歲月還是依稀記得的，為了躲避日寇，母親帶著我們在山鄉水澤東奔西走，我與兄弟在田野中剪過野菜，也在山溪中抓過魚蝦，但沒有撿過栗子。不由地像少男少女一樣，我也彎身用樹枝在層層的殘枝敗葉中找起栗子來了。路過的人都投以友善好奇的眼光，真是「時人不識余心樂，將謂偷閒學少年」了。

從「哲人路」步下狹窄得只可容身二人的紅石小徑，真是難忘的經

驗，是的，這是我九年前走過的，但那是五月晚春的紅石小徑，沒有今日黃葉間錯點綴的那份麗色，這是秋的小徑，是不想走盡的曲曲小徑。

出了小徑，便到了尼加河畔的蘭德路（Landstrasse）了。左邊轉個彎，沒幾步路，就是韋伯的故居了。韋伯於一九二〇年去世後，他的遺孀瑪麗安娜（Marianne）在這裡居住到五〇年代，在這段孤獨的歲月中，她把韋伯未發表的手稿，包括《經濟與社會》的巨構，一一整理問世，還寫了部韋伯一生的傳記，瑪麗安娜實不止是韋伯一生的伴侶，也是知識上的知己。當年男女主人健在時，這所三層樓的大屋是歐洲學者文士聚會的沙龍，今天已是海德堡大學神學院和哲學所的學生宿舍了。看來，這所屋子沒有受到好好地護修，門鎖都有些破損了，後園更是滿地殘葉，久未清掃了。我熟悉地步上二樓，九年前，在那寬敞的陽臺上，我曾欣賞到五月晚春初夏之交的海城風光，而此刻所見尼加河對岸半山上的古堡已是懸在斑斕的楓紅楓黃中了。

海德堡語絲　62

在抽完一斗板煙時，我離開韋伯的故居，匆匆過了古橋，直上古堡，擔心著太陽驟然間會消失掉。海城的秋，在陽光裡才更顯出她高貴的豔麗。

古堡的中庭，除了那棵柳樹還搖蕩著未盡的綠意，佛屈克力宮、奧多漢尼克宮、鏡宮、鈴塔、井屋；都是那麼清冷。春夏時分，遊人如織、笑語盈庭，如今偌大的庭園中，只有在唯一披浴了十一月軟綿綿陽光的角落，才見到情侶的依偎。不知他們聽不聽得到古堡這一組殘缺建築奏出的「硬性音樂」的秋聲賦？

步出中庭，古堡的殘壘就在秋山秋樹中了。一樹樹的菊黃，一樹樹的蟹紅，滿山是又豔又冷的色彩。噢，這景色何其如畫？這不是國畫的秋，是西畫的秋，是印象派的傑作！忍不得要欣賞這幅熟透了的秋，正坐著一椅吝嗇的秋陽，一陣風起，滿地的落葉就與新的飛紅飛黃飛舞在一起了！

63　探秋

海城的秋,像一切好的秋一樣,美得太玲瓏,太脆弱,總是不能久住,總是難消受的,而我就是禁不住不去探秋。

踩著沙沙落葉的日子

秋來得好悄靜，也不知從哪天起，我警覺到是踩著沙沙的落葉了。縱沒有南飛的雁群，也知是秋濃了。

每天走一條沿著尼加河畔的小路，兩旁是不時飄著落葉的秋樹，行人的腳步都比平時加快了幾拍。河畔的大草坪上，已見不到初來時成群的散發青春氣息的少女少男，偶爾有二、三人在風裡欣賞對岸的寒山冷樹，還有的就是看上去越來越白的大頭鵝了。

傍晚時分，我沒有例外地一定到浩樸街去喝咖啡的。當然偶爾也會喝杯茶，但喝慣了中國的茶，特別是品過了武夷山的「大紅袍」之後，就很難再欣賞加奶或不加奶的紅茶了。精於茶之道的逯耀東兄在我來海城前夕，還送了我一個宜興茶壺，一包文山綠茶，我當然不會再到咖啡店去喝茶了。

從研究室到浩樸街的咖啡店，就像在新亞時從辦公室到「雲起軒」吃香港「最好的」牛肉麵那樣方便。浩樸街的書店多，但咖啡的香卻壓倒了書香。曾好奇想數數有多少家咖啡店呢！但放棄了，實在弄不清，何況浩樸街的南北小巷子裡還有不知多少家呢！所以，放心，海城儘管遊客多，總可以找到喜歡的座位。何況秋寒已經阻卻了外來旅人的腳步。海大的同仁說：「可怕的夏天已經過去了！」在夏天，海城幾乎是被遊客占領了的。

在深秋的海城，四點多，天就陰暗作冷了。咖啡店是躲避寒秋的絕佳

海德堡語絲　66

之處。一進門，便與秋寒暫時告別了。裡面瀰漫著的是滿室的咖啡香和不熱不冷的晚春氣息。在咖啡店，談天固佳，獨坐亦妙。與海大同事或友朋見面，總是選一家喜歡的去。不過，我喜歡的真有好幾家！

浩樸街上，最享盛名的一家咖啡店似非「薛沙浩特」（Schafheutle）莫屬，高貴清雅，煮的咖啡特別考究，製的蛋糕特別精緻，據說是一個有錢人家開的，是不是開了這店之後才富有起來的就不知其詳了。老年人，衣著齊整的都喜歡去，我第一天到海大社會學研究所，同事請我去的就是這家。我到研究所一開始就穿得隨便，想必是他們見到我兩鬢漸露的白髮了。我確也欣賞這家的擺設和咖啡，更喜歡它的糕點，但去了兩次後就少去了，倒不純是嫌貴，其實價錢也貴不過臺北任何一間可以入流的咖啡店，只是它名氣太大，光顧的人絡繹不絕，坐久了就不太自在了。儘管有的老婆婆一坐下就有看完一本書的打算。

我比較最喜歡去的一家叫 Cafe Romantic Bars，有咖啡、也有酒，多

數的咖啡店也是一樣，我之喜歡去，倒不是它的名字吸引人，因為在海城，哪一家也多少有些浪漫情調，這家之所以常去，因為它的確精緻清雅，較之巴黎最好的咖啡店也毫不遜色，咖啡也的確香甜入口，同時，它是第一流的設備，只是第二流的價格。這些都是原因，但真正讓我常去的是那位不同凡俗的女侍應。這位女士居然第一次就猜出我是中國人，可見她的文化素養是高人一等了。海城像德國其他城市一樣，要就見不到東方人，有之便是日本人，不但火車站的詢問處有日文簡介的海城，即使「高弗茲」博物館裡的六十萬年前「海德堡人」的下顎骨也有日文的說明。德國人對中國人很有禮貌，但在他們所接觸到的世界裡，東方人就是日本人了。所以德人當中能夠第一次見面就辨出中國人者，就像海城十一月的陽光那樣稀有了。這位女侍應不但有畫中古代海德堡少女的臉孔，而且還能用清脆的英語告訴我海城的一些歷史掌故，不說她文化素養不凡，可乎？

海德堡語絲　68

當然，我也去過其他的地方喝咖啡，但沒有特別的性格，沒有吸引人處，我就記不得它們的名字了。有一家不是咖啡店，但也有可以入口的咖啡，名字倒忘不了，那就是在市墟廣場上的「麥當勞」。這家麥當勞的裝潢古色古香，是一家老屋改裝的，在「麥當勞」就一定可以聽到北美客人咬著漢堡包高談闊論的英語了。麥當勞旁邊二、三間就是海城響瓜瓜的雷塔（Ritter）旅館，它是一五九二年建造的，在一六九三年法軍火燒海城的戰役中，海德堡的建築幾乎夷為灰燼，這座文藝復興式的建築是少數逃過劫難者之一，它的歷史價值就使這個旅館名聞遐邇了。它的咖啡不見得使人想起文藝復興，不過，餐廳的布置會處處提醒你海城的前塵往事。

講咖啡店有性格的，浩樸街鄰街的 Knösel 就是一家。它是一八六三

年開張的，是海城最老資格的咖啡店。Knösel 是一位好心的糕餅師父，他一心一意要把他的咖啡店變成人人有賓至如歸的地方。當時，海城的中學女生常在這兒與海大學生見面，少男少女相互之慕悅是天地間最自然的事，但當時還是個「非禮勿視」的時代，店裡女主人管得十分嚴格，少男少女只能用眼睛交談。這些中國的「文藝片」裡，不論是大陸的或甚至臺灣的，都還常見到的。Knösel 顯然是位通情達理而有幽默感的人。有一天，他給每人一個驚喜，原來他特別精心地焙製了一種巧克力餅，名之曰：「學生之吻」（Studentenkuß）。儘管這是愛的替代品，但當少男少女品嘗「學生之吻」時都有「心有靈犀一點通」的妙意，從此這家咖啡店就成為少男少女樂此不疲的尋夢園了。此是百年前的往事，世移時變，少男少女慕悅的方式早已走出中國文藝片子的手法了，不過「學生之吻」則傳之今日，且已成為海城傳異故事之外一章了。今天去 Knösel 喝咖啡、吃糕點的已是近悅遠來老、中、青三代各樂其樂的地方了。

海德堡語絲　70

另有一家我喜歡去長坐的是浩樸街北邊一條小巷子裡的 **Wolters Kaffee**。這家咖啡店，既不高雅，也不精緻，恰恰相反，它是又拙又樸，還帶有強烈的原始野趣。粗笨的桌椅在在都是斧鑿痕，牆上的熊皮好像是從惡熊身上剝下就掛在那裡近百年了。店主華特又高又瘦，留一撇鬍子，刻刻都有隻小狗陪著。光顧這家的人，一進門跟華特老頭兒彼此叫名字，很少觀光客，大都是街坊閭鄰，有的還帶狗來。狗一進來就跟店主人的小狗叫一陣，攪一陣，等華特把白方糖往牠們嘴裡一送，就都乖乖地蹲著聽主人們聊天了。我來這裡是很偶然的，原來十月間一個傍晚，經過這裡，裡面的粗獷歡笑聲引起了我的好奇，原來一大堆人，喝咖啡的喝咖啡，灌啤酒的灌啤酒，下棋的下棋，但都不時地看著彩色大電視正轉播著的網球比賽。網球是我唯一入迷的運動，喜歡玩，也喜歡看。這場球賽正是德國對捷克的戴維斯盃雙打，代表捷克之一的是世界排名

第一的藍道，而為德國出賽的二人中的一個就是今年溫布頓大賽勇奪冠軍的小伙子貝克。結果，貝克一隊勝了。這些德國人自然是一杯未盡又來一杯了，他們不但以德國人的身分而自豪，原來這個剛過十七歲的小伙子就是海城近郊「藍門」鎮的人呢！看了這場網球賽之後，以後週末有賽事的話，我都變成了座上客。除喝咖啡之外，也喝啤酒了。看網球時，總會想起跟孩子們在一起的辰光，我們父子間好像龍兒沒有什麼「代溝」，至少在玩球看球時是無溝的，儘管我有時不高興的龍兒不肯使全勁出力，元禎說：「孩子是怕傷了你『老豆』呀！」我對龍兒的「侮辱」也不是完全不心領，他畢竟是匹茲堡大學的網球選手呵。「代溝」不在，「地溝」則有，孩子們大了，分飛西東，聚少離多，雖說這是一個不再重別離的時代，一個電話，千里可以傳言，但音落後的離緒又豈易排遣呢?!來海城後，就只寫信，還不曾給重聽的母親打過電話。在咖啡館裡原來也有逃避寂寞的潛意識，在秋風裡，踩沙沙的落

葉，就不由會懷念遠方的親友，就不由會自己跟自己說起話來了！

在海城去咖啡館是我生活的一部分，與朋友同去之時少，獨自一人去坐坐的時候多。誠然，這裡沒有巴黎凱旋門前香舍麗樹大道上咖啡店所見的萬種風情，但我主要還是貪圖個閒靜，倒不是故意找那份「獨在異鄉為異客」的心境，其實，在現代社會，誰又不是「異鄉人」呢?!在咖啡店裡，我愛看些輕鬆點的書或雜誌。董橋兄航寄來的《明報月刊》，我從來沒有像現在這樣看得仔細的。他的〈故園山水辯證法〉寫得真精緻，書卷氣濃得很，但還是那麼化得開。這一期裡李義弘那幅〈秋晨〉好清冷，在淡澀的畫面上，伸出一株晚秋的楓，只幾片紅葉，寫盡了秋的蕭索之美。中國的秋是中國文化的，是中國詩的。與海城所見所感的是完全二種不同的秋趣。我想明春到新亞訪問講學的江兆申先生對於

李義弘這樣一位能得其精神、才情洋溢的高足一定是欣然有喜的,還有什麼比一個學生的成就更使老師快樂的呢?

咖啡冷了,也喝盡了,書報也看得差不多了,這是我覺得該離開的時候了。坐了多久,我也不在意。在海城過的就是不需要看時間的日子。來的時候來,走的時候走。收費的女士從來不是不綻著笑容,也從來不忘記說:Dankeschon, Auf Wiedersehen!

推開門,就是秋之黃昏了。又一天,踩著沙沙落葉的日子。

海德堡語絲　74

尼加河畔，那條鋪滿了秋趣的小路

秋之旅

四季中，我最愛秋。九月二十五日來海德堡，適逢這山水之城的秋。秋山秋樹秋水的海城，縱使已走遍了大街小巷，還是捨不得離開她的嫵媚。好幾個週末，到方圓百里內的小城，亦是晨去晚歸。十一月初，培哥來書，提醒我如要去歐洲別處看看的話，冬雪冰寒的日子就不宜於旅行了。真的，秋光已老，再不動身，秋就要枯謝了。

十一月上旬，在海大社會學研究所作了學術報告後的一個星期天，收拾簡單的行裝，我搭上去德法交界的史屈斯堡的火車。我不像劍橋「堂」（Don）李約瑟老夫子那樣迷火車，在新亞講學時，一聽到山腳馳過火車

聲，他老人家就打開窗子望著吐露港，悠然神往好一陣子。不過，倒像俾斯麥，我也喜歡乘火車旅行，只是他跟邱吉爾一樣，大雪茄一直不離嘴，只想政治，無暇看山看水了。乘火車，不但可以舒舒服服地欣賞窗外二邊的風光，而且有「起」有「止」的感受，從一站到另一站，精神容易調整，景物的變化不會來不及消化。只是德人愛開快車，搭火車的人越來越少了。政府每年得補貼大把的錢，才能使火車繼續在原野、森林和城市之間日夜奔馳。

在寬敞的車廂裡，二面是一窗一窗的秋景，有的濃郁、有的清淡，像是穿過秋畫展覽的長廊。好多年沒有賞秋了，儘管已看盡了海城的秋，對秋還是貪婪。

史屈斯堡，在歷史上是德法爭戰不休的地方，現屬法國，但德國友人

海德堡語絲　78

推介我去史屈斯堡時，就好像推介我去另一個德國城市一樣。歐洲經濟共同市場雖然不曾，最後也不一定會帶來歐洲政治上的統一，但人們心中的政治圖象是跟戰前有些不同了。

的確，這個法國東北界線上的小城，除了法蘭西文化情調外，還有日耳曼的文化徵象。毫無疑問，還有法國趣味的應是滿布半石半木之古屋群的那個稱為「小法國」的地方了。這一幢幢影映在小水道裡的古屋，襯上淡黃深黃的秋樹，就像是一幅上了年紀的名畫，不由不仰立凝視，顧不得秋寒的料峭了。誠然，史屈斯堡最要看、也不可能看不到的就是法王路易十四崇仰上帝的那座教堂了。來歐後所見美的、大的教堂多矣，但這座建於一四三九年的教堂卻是基督教世界中最高的建築。不，我得小心點，一位來自德國烏凌姆的德人告訴我，烏凌姆的五百二十八呎高的哥德式教堂尖塔才是最高的，他說話時一點也不帶民族情緒，很不含糊的，像他說烏凌姆是二十世紀最偉大科學家愛因斯坦的出生地一樣。

看來，我得信他，我的一點知識是來自書本的，古人不是說「盡信書，不如無書」嗎？無論如何，史屈斯堡教堂的塔尖直指緲緲的蒼穹，天國與人間似乎就在塔尖上凝接一起了。其實，說高還不及香港新落成的「交易廣場」，但後者，像一切現代化的高建築，只覺是機械力的膨脹，儘管升得高，總與天隔絕了。

原不打算去巴黎的。當然不是不喜歡巴黎，誰又會不喜歡呢？只是巴黎太大，太短的逗留，又怎能看夠她的千嬌百媚？這次我只想去小城探秋，在小城才能捕捉秋之全貌。終究我還是去了這個最歐洲的歐洲之城。從史屈斯堡到日內瓦，我又怎能不在雨果所稱「羅馬的承繼者，背井離鄉的世俗朝聖者之家」的巴黎停留？不錯，如果說羅馬是西方的精神之鄉，那麼，花都無疑是屬於這

個世界的。巴黎的特殊就在於她具有絕對的國際性格,卻又是絕對的法蘭西。也許因了我是中國人,遇到的法人中倒也不在乎用最有音樂性的中、法語言之外的英語來溝通了。

九年前曾從劍橋到巴黎一遊。允達、曼施伉儷駕車陪我全家在冰天雪地中東奔西走。他們都說流利的法語,又是巴黎通,有他們作嚮導,七日之遊把巴黎最該欣賞的都蜻蜓點水般點到了。凱旋門前香榭麗舍大道的萬種風情,巴黎聖母院的詩音和燭光,愛弗爾塔(Tour Eiffel)的剛健中的婀娜,無一景不令人神奪情往,而羅丹的巴爾札克雕像,達文西的蒙娜麗莎微笑,真教人驚嘆巨匠之天地靈氣。

這次臨時決定到巴黎一轉,允達遠在臺北,曼施的電話又未帶身邊,而羅浮剛巧這天關了門,羅丹的博物館又秋深不知處,我就漫無目的地散步在塞納河畔了。如果說,尼加河是德意志的精神源泉,那麼塞納河應是法蘭西的精華所在了。尼加河鑿山而過,為陽剛趣重的海德堡山城

增添了幾許水的靈韻；而巴黎綿延不絕的雄偉建築，落在塞納河的兩岸就顯得風姿綽約，柔情脈脈了。在一座座橫跨塞納河的橋頭，看兩岸一排排黃得熟透了的秋樹，這個藝都就像一位四十許的貴婦人以最華美的秋裝展示了她萬千的風情。遊巴黎，不在塞納河畔走上三斗煙以上的時間，就無法領略最巴黎的巴黎了。假如一生只去一次巴黎，我會選秋的巴黎。

巴黎的秋美，凡爾賽的秋更金碧輝煌。

巴黎近郊的凡爾賽宮有二百五十畝方圓，宮宇格局之宏偉當然非北京故宮之比，但六百個噴泉的庭園的確是氣派不凡，「鏡廳」是十足的豪華，十足的金碧輝煌。路易十四這個「太陽王」，樣子與打扮都有些脂粉俗氣，竟然能請人設計這樣的宮園，就不能不說他無藝術的品鑑力了。此次，我特意慢慢走去大、小 Trianon，尤其是皇后的茅舍。都是樹，都是秋樹，一園都是徹上徹下菊黃色的秋樹，據說是路易十六特別叫人移植的。璀璨耀眼，目為之眩，好個金碧輝煌的秋！原來秋可以這樣金碧輝煌的。

在金碧輝煌的秋色裡，那座小小白色的「愛神廟」就顯得愈是清冷出塵了！

我忍不住又想起故宮，想起景山，更想起北大附近的西山，西山的晚春是很美的，西山的秋應該是特別輕靈的，聽人說，西山的楓葉像西天的一片彩霞？！

從巴黎到日內瓦，三個多鐘頭就到了。乘的是深橘黃色、像一條飛龍的ＴＧＶ（意指非常高速之火車），時速一百七十里，幾里方圓的秋景都濃縮在一框框的窗裡。歐洲有了ＴＧＶ，感覺上更小了，那麼多國家，加起來還不及中國大。一七八九年以來，這塊土地上合縱連橫，風雲詭譎，變化也真不小。陪著我旅行的是戈樂‧曼（Golo Mann）的《一七八九年後的日耳曼史》。他說：一七八九法國大革命那一年，日耳曼帝國就擁

有一千七百八十九個政治領土,有的是獨立國,有的是歐洲強權,大都則是幾個堡壘和村莊的結合。這部書學院派的史學教授不會太喜歡,但寫得淋漓揮灑,筆墨縱橫,無愧是文豪湯麥斯‧曼的後人。

飛逝的秋,到日內瓦時已掩沒在夜色中了。

日內瓦是我久欲一訪的地方。它是世界名都中的小城,小城中的名都。居民不過十七萬,但卻極有國際性,當年國聯就設在這裡,紅十字會也發源於此。世界的政治領袖都願意到這個湖光山色的日內瓦來談判。品質高貴或浪漫的政治家到這裡做和平之夢,政客之流便利用這個世界的戲壇做做「秀」。雷根與戈巴契夫的高峰會議,無疑是「超級大秀」,會未開鑼,「秀」卻已做足了。不知兩人是否也有做和平之夢的真誠?說實話,也不是天縱神授,只是風雲際會,二人掌握了影響世界命運的權位。為人類、為自己之身後名,為什麼不真正為和平想想?美蘇高峰會議距我到日內瓦時還有一星期,但日內瓦的政治氣候已濃了。

海德堡語絲　　84

日內瓦是基督新教中加爾文教的大本營，故它有「新教的羅馬」之稱。社會學家韋伯所講的基督教倫理主要就指加爾文教義。加爾文教統治日內瓦的清規冷律，嚴峻得森冷。寫《社約論》的盧梭生於斯，他就吃不消宗教的氣味，一去不歸。不過，今日日內瓦的宗教世界剩下的只是一道紀念牆和一座教堂了。盧梭如健在的話，我想他至少會回來度度假的。我對加爾文這位教主沒有什麼好感，他燒死異己的那份真理就在身上的態度，怎像是天堂的使者？不過，日內瓦大學倒是他創建的，當然，今日這間大學也不再是宗教的婢女了。

就是因為高峰會議，旅館都給寫「秀」、播「秀」的三千個記者捷足先登了。好不容易在冷雨濛濛中找到一家小旅店，已是近十點了。所幸，隔鄰就有一間頗有品味的義大利餐館，居然還吃到了日內瓦湖的鮮魚。也許是那小瓶瑞士產的葡萄酒吧！躺在床上已微醺欲醉了，也不知何時入了睡鄉。

翌晨醒來，打開七樓的窗簾。噢！真是一個出乎意料的驚奇！一片白色，眼下所見的屋頂盡鋪著閃閃發光的白雪，一輪旭日從中國的方向升起！真想不到，我是來探秋的，卻遇到了初雪！

步出旅店不遠，就進入日內瓦大學的校園。那塊雕著加爾文、諾克斯這些新教改革者的石牆正在修葺，但我已為一幅難得一見的美景吸引住了。在一個女神的碑前，默默的冬青樹頭滿披著白雪，而女神背後的幾棵仍然豐滿的金黃的秋楓在陽光下閃閃搖動。這是晚秋，也是早冬，更是秋、冬之交的佳色。

日內瓦的「老城」，古拙、老趣，除了高高低低的斜坡外，走在小巷子裡，就像回到了海德堡，只是沒有海城的那份浪漫氣氛，但日內瓦的「新城」，臨湖而建，視野廣闊，就顯出小中有大的氣勢了。絕不能說日內瓦不優美，只是巴黎塞納河畔的風光依然浮在眼前，我就寧願把時間花在一座鐘錶的博物館裡了。這座博物館，不止有一樓精緻的鐘錶，

還有一院精緻的秋色!

擔心秋真不能久住了,就改變日程,直奔德國「黑森林」之都的佛萊堡!

未來德國前,就聽說黑森林之美,新亞的林聰標和閔建蜀二位教授是在佛萊堡大學深造的。他們知道我喜歡海德堡,知道我鍾意有文化氣息的大學城,就說我不能不去佛萊堡一訪。

抵佛萊堡車站又是黃昏後了。打了電話,知道「紅熊」旅店(Zum Roten Bären)有空房,心裡暗暗興奮。這是德國最古老的客舍,建於一三一一年,房間古雅,菜餚一流,而價格只抵香港的三流。紅熊是小小的,坐落在古城城門入口處。一進去就見到賓至如歸的笑容。卸去行裝,就覺得這是旅者夢寐以求的旅舍。是晚,不止喝了當地的啤酒,還

嘗到了黑森林的鱒魚。

佛萊堡也只有十七萬人口，佛萊堡大學的學生就占了二萬二千人，也是一天可以優哉游哉走完的城市。佛城的空氣特別清冷，小街上有城外「屈萊遜」河引入的小小水渠，光潔明亮，有似一條條玉帶，是臺灣新玉的色澤。當然，遊人不能不駐足欣賞的便是「市墟廣場」了。那幢血紅色的十六世紀的商業交易所（Kaufhaus），特別搶眼。而遠看近觀都令人歡然有喜的大教堂（Unserer Lieben Frau，吾等敬愛的女士），坐落在市中心，君臨佛城。這座教堂，從十三世紀初開始建造到十六世紀才完工，它或沒有巴黎聖母院那樣深深不知幾許，也沒有科隆大教堂給人那種堅毅無比的剛趣，但無論是外表造型、內部雕飾，都不同凡響。從八邊形的塔身伸入雲天的金字塔式的尖塔，在清列的藍天裡，剛健婀娜中更帶幾分仙氣。瑞士的藝術史家勃格哈德（Jacob Burckhardt）譽之為基督世界中最美的尖塔。勃格哈德最心愛的藝術之鄉是義大利，竟發出這

那伸入藍天的就是被譽爲基督世界中最美的尖塔（黑森林之都佛萊堡）

樣的讚語！既然看不盡基督世界的教堂，我就靜靜佇立在街頭一個角落上，抬頭雲天，凝視這中古宇宙遺落的「仙品」。

在佛城大街小巷裡閒步，與在海城時有些不同。海德堡是一片古趣，一公里長的「浩樸街」，像一首美得不能不一口氣讀完的長詩；佛萊堡則在古意中更多些現代情調，街道的變化也多些，比較像篇散文。最令人稱賞的是，佛城幾乎是在二次大戰的殘瓦斷牆中重建起來的。除了大教堂以及少數幾幢老屋外，都是新建的，有五百多年歷史的佛萊堡大學也多數是戰後的建築。但現代的建築很著意地把中古的原趣保留下來。「傳統」與「現代」細針密縫地結合，竟是那麼的和諧。德人戰後的建設是真正的「重」建。人不能活在「過去」，但不能不活在「歷史」中。遊這個現代與傳統接合得那麼精巧的小城，無法不想起已有二千五百年歷史的蘇州來了。蘇州的玲瓏清雅，是江南文化中特有的美的展現，也是人類文化中特有的美的品種。

如何使那個古城在現代化中保有她歷史的原趣呢？其實，不要現代化，真正的現代化正是應該讓「現代」與「傳統」接榫的呀！

來佛城就是要賞黑森林的晚秋；但這黑森林之都的城內秋意固濃，卻不多秋色。本想到城外幾處著名的黑森林區去的，但誤了車時，「紅熊」旅店的一位女士知道我在尋秋林。她說，出了城門，跨過天橋，就是「西樂詩槃」（Schloβberg），那裡就有我要看的晚秋了。

果然，不要半句鐘，我已經身處一山秋樹中了。不知是誰創了「黑森林」之名，森林本來就不黑，而在秋陽撫照下的殘秋，縱然無凡爾賽所見的金碧輝煌，但葉未落盡，依然可見此一片紅、彼一片黃，秋色還是搦然可醉。而在「西樂詩槃」的山頭向下俯視，佛萊堡全景就在腳底了。唉！多麼像「聖山」半腰「哲人路」上所見的海德堡；也是萬千個紅色屋頂凝聚成的層層紅雲！對了，這裡見不到尼加河的古橋，也見不到浮在對山的最顯殘缺之美的古堡！但看哪！那穿出紅雲、伸入藍天的大教

堂的哥德式的尖塔，豈非畫龍點睛地賦予了佛城特有的精神和美麗？!佛萊堡與海德堡一樣，都是「永遠年輕，永遠美麗」的大學城！

從佛萊堡到海德堡，不過四小時的火車，在夜的冷風中，回到海城尼加河畔的居處，有「異鄉人」返「家」的快樂。一週的秋之旅，隨著半瓶巴騰的紅酒，送我進入夢鄉。但此夜無夢，只有暖意。

翌晨，海城已是冰霜滿樹，秋已老去。

韋伯、海德堡、社會學

韋伯與社會學

在海德堡,總不能不想起麥克斯·韋伯,由韋伯就不能不聯想到社會學。韋伯、海德堡、社會學這三者有美妙的關係。

韋伯是一八八二年在海德堡大學讀書的。在這個浪漫之城,像當時許多學生哥一樣,他也度過豪飲、狂歌、鬥劍那種雄邁不羈的生活。

一八九六年他受聘為母校的教授,儘管翌年就受精神磨折,有不少歲月,必須藉到各國旅行來調劑身心,但他與海德堡是分不開的,迄今仍在的尼加河畔的那座大屋裡,他就寫下了許多傳世的著作。

對現代社會學影響最大的有三人。德國的韋伯、法國的杜凱（Durkheim），還有就是馬克思。馬克思在學院門外的聲音最大，他的著作且成為地球上一半國家的政治聖經，幸耶？不幸耶？在學院裡邊，則杜凱與韋伯就分庭抗禮，平分秋色了。儘管社會學者牟頓（R. Merton）借了懷海德的說法：「一門科學，假如猶豫而不肯忘掉它的創始人的話，就是失落了」，韋伯自己也說過：「個人學術的命運，十年、二十年、五十年就過時了」，但是，韋伯逝世已半個多世紀了，他的著作還是社會學者案頭不可少的，大家還是忘不掉他。社會學雖非文學，畢竟與自然科學不同，它的經典之作，後人總不能不時地回去「重訪」，尋求啟發與靈感。韋伯的著作已公認為社會學中的經典，早已構成社會學的核心傳統了。

芝加哥大學的史屈拉斯（L. Strauss）曾譽韋伯是二十世紀最偉大的社會科學家。在去世未久的法國社會學家艾宏（R. Aron）眼中，韋伯不

海德堡語絲　94

止是最偉大的社會學家,而且是唯一的大社會學家。當然,在韋伯生前,社會學不但未成氣候,而且還是在科學與人文學夾縫裡求生的時代。韋伯的基本訓練在法律、歷史與經濟。在海大讀的是法律,在古丁罕大學的博士論文寫的是中古的貿易公司。他取得教授身分的論文則是羅馬的農業史。一八九四年第一次擔任教職的名銜是佛萊堡大學的「政治經濟」教授,二年後回母校海大擔任的是經濟學教授。一直到一九一八年,維也納大學特地為他設立了社會學教授的位置,一九二○年去世時他是慕尼黑大學的社會學教授。韋伯自己也遲至一九一○年才用「社會學」來形容他寫的關於社會行動及比較研究的著作。韋伯的學識淵博深邃,腳跨幾個領域,論者以他的歷史知識之豐贍足可與湯恩培(A. Toynbee)比肩。他的識見早在一八九一年剛寫完博士論文時就被當時的史學家蒙森(Theodor Mommsen)所激賞,蒙森還表示他百年之後,繼承他志業的,除韋伯外不作第二人想!無怪乎麥克雷(D. McRae)要語帶譏諷地說:

「幾乎所有寫韋伯的書,都是帶著敬畏之感落墨的。」

「韋伯學」的詮釋

韋伯從無有過建立思想大體系的念頭,更加不喜歡玄想式的意理或獨斷式的思維,所以儘管他承認馬克思對當時知識界的大影響,他對馬克思與黑格爾的東西總覺氣味不相投。沙洛門(A. Solman)甚至稱韋伯是:「布爾喬亞的馬克思」(bourgeois Marx),說他的社會學是「與馬克思幽靈長期與激烈的對話」。其實,這個說法形象化則形象化矣,畢竟不很真切。韋伯的知識論之立場,根本不能拿唯心、唯物這類二分法的觀念來套他,他從不以為歷史社會的複雜現象可以由單因來解釋(無論是經濟、技術或文化思想)。韋伯不同意馬克思的經濟(物質)命定論,也並不表示他就認觀念(精神)為事相之源了。韋伯是與一切「減約主義」無緣的,他的社會學之理論邏輯,如施洛克德、亞歷山大(J. Alexander

海德堡語絲　96

Jr.）等指出是「多面向的」（multidimensional），不能納入這個或那個簡單的框框裡去的。

韋伯的著作，不但文字與內容難讀，並且零散不整；更遺憾的是，他的著作好些都是死後才由後人編纂，而非他親自「定稿」的。這就難怪到今天學者還在爭論韋伯一生龐雜的著作到底有無統一性？有無一中心題旨了。不僅柏深思與班迪克斯這二位詮釋韋伯的老輩學者，見解有別，各說各話；今日德國後起的韋伯學學者，如挺布洛克（F. Tenbruck）與施洛克德也是各有所見，推陳新說，很難有一個共同接受的詮釋。韋伯繁富多樣的著作中，找中心主線固非易事，但各書之間也確有千絲萬縷的關連。國人所熟悉的《中國之宗教》一書，就不能孤立地看，應該從他龐大的比較宗教研究中去考察；他的名氣最響、爭論最烈的《基督教倫理與資本主義精神》一書也不是完全自我具足，而應該放在他的西方的理性主義的思維架構中去理解。韋伯之書的難讀就在這裡，至於像我這

樣要靠英文翻譯的人則麻煩更多了。譬如韋伯社會學的方法論，自六〇年代以來，不知已經歷了多少的批析與剖解，一般以為是可以有「定論」的了，但自沃克斯（G. Oakes）譯了韋伯的 Roscher & Knies 及 Critique of Stammler 幾篇大文章之後，情形又不同了。赫夫（T. E. Huff）的《韋伯與社會科學的方法論》出來後，我們不難發現過去對韋伯的一些批評幾乎是無的放矢，看來作為一個社會科學方法論學者的韋伯，又需要「另眼相看」了。

總之，韋伯雖然不像馬克思那樣，沒有「年輕韋伯」與「老年韋伯」之間有無「知識論上決裂」的論爭，但他的著作像一切經典一樣，終脫不了「詮釋」、「再詮釋」、「又詮釋」的命運。韋伯之學經由柏深思譯介詮釋而大行其道，柏深思的詮釋雖不能說是「定於一尊」，但到底不失為一重要詮釋，風從者自不在少數。惟近年來不同意柏深思之詮釋者日眾，有些學者如 Cohen、Hazeerigg 和 Pope 還立意要「非柏深思化韋

海德堡語絲　98

伯」（de-Parsonizing Weber），要把韋伯從柏深思的思想體系中解救還原。

當然，「非柏深思化韋伯」也還是一種對韋伯的新詮釋。是耶非耶，恐怕是見仁見智的事。我同意盧特的說法，韋伯的學說在美國有「創造性的誤釋」（creative misinterpretation）的現象，它的結果倒也不一定是負面的。要對韋伯有全面的了解與評價，恐怕還有待正在編纂的三十多巨冊的《韋伯全集》（目前已出三巨冊）出版之後。有一點是可以肯定的，韋伯的影響力與爭論性還會繼續下去。任何研究現代社會歷史現象的學者可以贊成或反對韋伯，但很難從他身邊兜過去，不能不與他有對話。當代被推為批判理論大師的赫勃瑪斯（J. Habermas）在新著《溝通行動理論》中就把韋伯作為一個主要的談論的對象。說到韋伯的影響力，特別是他的爭論性，恐怕還在他的政治思想與見解了。

在學術與政治之間

韋伯在英美及東方主要是學者，是一個社會學家，但在德國則好像主要是一個政治人物，一個極富爭論性的政論家、政治思想家了。

韋伯確是「學術」與「政治」之間的人物。他一方面對學術有無條件的執著；一方面對政治又有不可遏止的獻身感。不論如何，除了純學術的著作外，韋伯一生從未忘情於德國的政治，並且發表了無數針對時局的政治性文章。由於他富厚的學養，他的政論無不言之有物，擲地有聲，影響一代人心（D. Beethem）的《韋伯與現代政治理論》一書，對韋伯的政論性文章作了極細密的分析。韋伯對他所處時代之政治問題的剖析確是不同凡響，韋伯的政論性文字與其社會學之純學術文字，不但文章氣味不同，一熱辣辣，一冷冰冰，即論點亦有差異）。當他還只有二十九歲時，即因他把政治問題與學術研究成功地結合，而名噪一時。三十歲時，佛萊堡大學就禮聘他為教授。三十四歲時，韋伯在政治上的聲望已

令國家自由黨主動要提名他為國會議員候選人,但他因已接受海德堡大學之聘約而謝拒了。此後他的健康出了問題,加之他孤傲的性格,也就與仕途無緣了。不過,他還是把精力用在對國人的「政治教育」上,不時像巨鐘木鐸,對國是臚陳意見。韋伯生活在二個世界,一個是熱性的政治世界,一個是冷性的學術世界。他有二個聲音,一個是對學術之真誠與承諾,一個是站在政治邊緣上的絕望中的呼籲。

麥克斯・韋伯是一個把民族國家利益放在第一位、最高位的人。他徹底了解政治與權力的關係。他的政治思想中沒有軟性的浪漫式的烏托邦,卻含有達爾文與尼采的成分。他毫不諱言強權政治,並認為德國應該在歐洲與世界擔當起一個大國的責任。他力言德國應該抗拒蘇俄與盎格魯撒克遜民族統御世界的趨勢(尼采與法人托克維利也警覺於此的)。他也像同時代的大文豪湯麥斯・曼一樣,榮耀德國的文化,二人都曾歡呼一次大戰的來臨。韋伯在戰後雖然參與了威瑪憲法的起草,並且為德國

101　韋伯、海德堡、社會學

提供了民主的骨架。但是,他對德國的民主是沒有信心的,所以他特別建議在憲法中給予直接選舉的總統以突出的地位與權力。這與他心目中的「領袖型民主」(leadership democracy)比較接近。韋伯在一次大戰後,對於傳統的巴力門式民主極感不滿,認為已陷入黨派利益之爭,與民主之真意日遠,因此主張直接由群眾選舉的總統,而非由巴力門選出。他認為這才是「民主的大憲章」,才是「民主的守護神」。

說到「領袖型民主」,就不能不談到韋伯對「科層組織」(bureaucracy,一種橫的分「科」、縱的分「層」、以技術理性為本的組織)的看法了。韋伯認為隨著「理性化」(rationalization)的抬頭,科技的膨脹,「科層組織」,因為它最有效能與效率,必然成為現代社會最壟斷性的組織型態。有些人以為韋伯讚揚科層組織,殊不知他最大的隱憂就是漫天蓋地的「組織科層化」(bureaucratization)對人類自由的窒息。這一點他是非常悲觀,乃至認為是人類無可逃避的「命運」。他認為社

會主義之不可取，原因之一就是它不但不能化解「組織科層化」的趨勢，而且只有增劇「組織科層化」的危機。今日共黨國家幾無不成為森冷的「科層式的社會主義」（Bureaucratic Socialism），正是韋伯所預言的。

韋伯生前，對德國政治最感沮喪的就是那像流行病一樣的科層精神，當時影響巨大的有「大學教皇」之氣概的施墨洛（G. Schmoller）對「組織科層化」之熱情歌頌，使他尤感深惡痛絕。韋伯覺得「組織科層化」是現代社會的命運，但他不是肯向命運低頭的「悲劇性的英雄」。他了解事物的限定性，所以沒有幻想，但他從不放棄戰鬥。韋伯的一位年輕知己亨寧漢（P. Honigheim）說韋伯「誓言只要一息尚存，就要與任何組織、任何『超個人的結構』抗爭。韋伯愛每個人，即使是一個唐吉訶德，只要他肯定自己，肯定個人」。為了防止「科層組織的閹割」，韋伯提出了 Charismatic leader（中譯極難，意指具有能激發人群風從與犧牲的天賦與才能的領袖人物，或可譯天授性領袖。當然，在韋伯，Charisma 一

字是一中性字，也非必指人。如宗教改革即有 charisma of reason 之類）的觀念。他認為只有這類政治領袖才能喚醒當時政治冷漠的工人階級，並控御科層組織大機器的自主傾向。這也是他所以有「領袖型民主」的政治觀了。

「天授式領袖」之論爭

韋伯這個「天授式領袖」或「領袖型民主」的提法，作為政治社會學上的概念是很有啟發性的，但在第二次大戰後的德國知識界，卻引起了對他不大不小的批判。這個火頭是孟森（Wolfgang Mommsen）一本書無意有意點起的，火勢一日燃開，遂造成學術界上正反二派的對壘。最引起注意還是一九六四年德國社會學會中發生的論爭。這個學術會是為了紀念韋伯誕生百週年而開的，舉行的地點則是韋伯心愛的海德堡，誰知道這個紀念韋伯的學術會，竟然幾乎變為控訴韋伯的大會。據有的學者（Roth、B. Berger）的描寫，好像韋伯象徵性地站在一個「非納粹化」

的法庭上，接受公審。這個學術會所以開得走了樣，主要是，馬克思派學者馬柯斯（H. Marcuse）指控韋伯把價值與科學分開（即韋伯著名的「價值中性」的論點），使社會學成為非科學、非理性的價值所用；並把韋伯的價值與帝國主義的權力政治連在一起，弦外之音韋伯對納粹之興起不無關係。赫勃瑪斯固然不以為韋伯應對德國這段歷史負責，但他不經心地說了「西密特」（Carl Schmitt）是韋伯的「合法學生」的話。大家知道西密特是納粹主義的思想旗手，也知道馬克思主義者盧加熙（G. Lukács）曾說過西密特是韋伯思想的邏輯性的結果。這一來，立刻引起了納爾遜、班迪克斯幾位美國學者強烈的反駁，筆墨官司還打到《紐約時報》上。知人論世，月旦人物，實在不是件易事呵！

不過，據我們了解韋伯這個人的人格與學術取向，則可肯定地說，他一定是不屑並恥於納粹的行徑的。當年有人曾問海德堡大學的哲學家耶士培（K. Jaspers）：「如果韋伯還活著的話，他對國社黨的德國會有如

何的反應?」，耶士培說：「他對德國的絕望定然會深到不能再深了。」我想另一個可能是：他會像湯麥斯·曼或佛蘭克福學派那些人一樣，乘桴浮於海，到異國棲身了。葛思與米爾斯（Mills）說得公允：

當然，以韋伯的馬克維利之態度，要猜度他會否轉向納粹是十分無益的。誠然，他的「天授」哲學——他之對民主習性的懷疑與實際的看法可能會令他有這種親近性。但是，以韋伯的人道主義，對弱小者的同情，對虛假與欺騙之憎恨，以及他之無時或斷地抗拒種族主義，抗拒反猶太人的煽動，都會使他至少像他弟弟阿佛萊特一樣，成為希特勒的嚴峻的「批判者」。

誠然，韋伯會否與國家社會主義妥協的問題，連政治觀點與韋伯水火不容、狠批韋伯是「帝國主義者」、「反動派」的盧加熙，也斬釘截鐵

海德堡語絲　106

地在《新左派評論》訪問中說：「不會，永遠不會，你必須了解，韋伯是一位絕對誠實的人。」

關於「天授式領袖」的觀念，我倒同意孟森的看法，「天授式領袖」並不是解決現代人類前途的方法，我們應該尋求其他途徑。天授式領袖固然常有開創局面、扭轉乾坤的本事，固然有衝破「科層組織」造成之網羅的氣魄，但是一個社會如果沒有客觀有力的制度的規約，而「天授式領袖」如又沒有韋伯所要求的客觀公正（sachlichkeit）的品質與能力（D. Beetham 指出韋伯強調此），或沒有韋伯所講的「責任的倫理」（ethic of responsibility），這種倫理不但重自己的良心自由，也重他人的良心自由。），而只有「信念的倫理」（ethic of conviction）或甚至是「一心自用的信念倫理」（ethic of single, minded conviction，此得之於施洛克德教授，這種倫理則只顧自己的良心自由，不理他人的良心自由了），則對人類社會常是害處多，益處少。希特勒、史大林（Joseph Stalin）、毛澤

東、霍梅尼都是顯例,昭昭在人耳目。韋伯實在是太過分憂懼「科層組織」會替人類帶來「鐵籠」(iron cage)的命運了。韋伯對一切歷史現象之發展都小心地用「或然」的形容詞,唯獨認為「組織科層化」則是歷史之「必然」,實在有些「命定主義」的色彩了。用精神分析法替韋伯寫了一部傳記的米茲曼(A. Mitzman)這樣說:

這個人的偉大在於:縱然他看到是無可避免的了,他依然不終止地向那個他稱為「鐵籠」的殘酷無情的命運挑戰。

韋伯這個人看來是十分入世、具有「知其不可為而為之」的勇者氣稟的知識分子,儘管我以為他在提出「天授式領袖」觀念時太忽略或低估了它可能對文明的破壞力了。柏深思在生前最後一篇討論韋伯的文章中指出,不同於市場、大學、家庭這些制度,它們是「組織性」的,「天

海德堡語絲　108

海德堡古橋洞中窺見的韋伯故居

授性力量」（charismatic force）則是「非組織性的」，這種「非組織性的力量」可以是創造性的，也可以是險惡的。柏深思以為韋伯的 charisma 與佛洛伊德的 id 有相似性，因為本能衝動可以是有創造性的，也可以是險惡的。

實存主義的英雄

德國學者對韋伯的政治思想特別重視，一半是由於德國距納粹之崩潰未遠，知識分子內心仍有「餘悸」和「預悸」；以此，對一切可能，甚至是極小可能與納粹思想有關的都會作挖根式的批判。韋伯的政治思想中確有些「魔性」，而他又是對德國政治極有影響的人，所以他的政治著作就不免受重視了。當代德國知識分子對於納粹對人類造成的罪惡大都有疚愧感，有嚴肅的反省。這是好現象；唯其如此，人類的文明才能往前發展。日本一些在朝在野的「知識分子」，幾次三番的想篡改歷史（幸

而也有些具有反省精神的知識分子），不知是愧對前人的罪孽？還是要重揚大和之魂？一個民族沒有歷史的智慧是長不大的，再豪華的物質也堆不起一寸的歷史智慧。

韋伯政治思想之所以引人興趣，另一半的原因實還是因為他是個十足的政治人。韋伯對政治有強烈的認同，而他也確是大才槃槃，絕不止是一位教書先生而已。他的一些同事就認為韋伯不入德國政治是「上帝可能降給德國之最大不幸」。在他走上生命最後一程時，韋伯自己也不得不承認：「不！我是為筆、為演說的講壇而生的，我不是為教室而生的。這個自白對我多少是痛苦的，但卻是絕對不可置疑的。」他一直要人「像人一樣」地面對時代的問題：他自己就是這樣面對德國當時的政治的。慕尼黑大學「韋伯研究所」的主持人魏克曼（T. Winckelmann）就指出：

說韋伯在第一義上是一個科學家，一個學者，實在是再沒有比這說

法更遠離事實了。這是絕對不正確的，這是與韋伯之生命實存意義不符的。韋伯是科學家與政治人的一體的化身。他這二個角色之一體性的結合成為我們這個時代一個真正的哲學的存在。

這樣看來，韋伯在慕尼黑去世前三年中所撰二篇百口傳誦之文：一是〈科學作為一種志業〉（Science as a Vocation），一是〈政治作為一種志業〉（Politics as a Vocation），可說象徵化地呈現了在「學術」與「政治」之間的韋伯的終極關懷了。

韋伯五十六歲的生涯，留給後人追憶者極多，但他給人類最大的遺產是什麼？我覺得艾勃倫斯基（G. Abramowski）講得很好。他認為在韋伯一大堆看似零碎不整的著作中，有一個內在的統一，這是韋伯為一個問題而答覆的。這個問題是：「為什麼一個有普遍歷史意義的特殊的理性文化只在西方發生，特別是在西歐發生？」

在歐洲文化之理性化這個科學問題的背後，韋伯為一個深刻關懷的根本的實存的問題所導引，即理性資本主義、理性科學及一切理性的措施與科層組織所形成的力量對我們人類的意義何在？試想，在繼續擴展的「組織科層化」和宇宙世界的科學「覺醒」（disenchantment，此字照柏深思是指「魔術的減失」與理性化）造成的條件下，對於人類的自由和負責的行為還能剩下些什麼意義？對於一種有意義的生活方式還有可能再獲得嗎？（係根據 Ilse Dronberger 的英譯）。

韋伯對於西方升起的理性主義的弔詭（paradox）確是比別人看得遠，體驗得深。這個問題一直磨折他，直到臨死的一刻，因為他不迴避，而想去了解它，想求答案。有人曾問他從事學術之目的。他說：「我想知道我能承受得了多少？」這是何等真誠艱苦的聲音？!耶士培說韋伯是一

實存主義的英雄,是一個「包涵了人之偉大性的人」。他說他的實存哲學即是從韋伯身上獲得啟發的。「我們不再有一個偉大的人能重新肯定我們的認同,韋伯是最後的一個。」以耶士培這樣第一流的心靈,對於他有親身接觸經驗的韋伯,竟能發出這樣的禮讚!讀韋伯書,不知其人,可乎哉?!

論韋伯之人者,都說韋伯有「一種對生命的悲劇感」,主要就是因韋伯體驗到西方理性主義(表現之於科學、經濟及組織上)興起後對人之實存意義的巨大陰影。這一種「悲劇感」在中國現代知識分子身上是少有的,中國知識分子不乏憂患意識,但不是韋伯式的悲劇意識。五四及接著五四時代的中國知識分子,基本上是沐浴在理性主義的陽光下,歌頌科學。當然,這與中國近代歷史發展的特殊格局是有關的,畢竟中國從沒有過西方那樣的一個籠罩性的宗教體系。在海德堡「老城」的小巷裡,在古堡傳來的鐘聲中,有時我總難免會思索一些磨折韋伯的問題。

星光燦爛的「韋伯圈」

耶士培結識韋伯是在海德堡。有一位與耶士培同時代的學者，就是我前面提到的亨寧漢，他寫過一本《韋伯追思錄》的小書。開頭一句是：「誰要想認識韋伯這個學者，這個人，必須從他那個時代的海德堡的背景中去捕捉。」在海德堡看這本小書是一種特殊的享受。納粹當權時，亨寧漢自德國流亡到美國。後來在密西根州立大學擔任社會學教授，去世已十幾年了。這本書可看出他學問淵博，記憶力強，所以能把韋伯周圍的人和事，寫得那樣貼切生動。他使我想起寫約翰笙博士傳的鮑士威爾，只可惜亨寧漢寫的只是韋伯一生中的一個片段。他追憶的那一段美好的「老日子」恐怕是海大最鼎盛的時刻，海城最風光的日子了。那時海大學人如雲，韋伯則是一位不教書的「榮譽教授」。韋伯是一八九六年擔任海大教授的，但翌年即精神崩潰，幾乎摧毀了他的創造力，此後靠旅

遊義大利、瑞士、西班牙各地觀光養病，時好時壞，如是者六年之久。韋伯之精神崩潰與他跟父親之衝突有關。韋伯極敬愛其宗教虔誠的母親，卻十分憎惡他專橫的父親，尤其不能忍受他父親對其母親之冷漠。後來卒至公開反目，並喝令其父親離開其屋，父親一走，父子再無相見之日，因他父親數星期後就死了。這件事在韋伯心中產生了極大的罪疚，事實上，他的精神崩潰即種根於此。米茲曼的《韋伯傳》即是從戀母情結著墨的。到一九〇二年，韋伯才漸康復；一九〇三年，韋伯研究寫作又回復驚人之量，但他仍無法教書，同時他也承繼了一筆可觀的遺產，所以能夠在海城做一個自由身的學者。那時他的聲名已經遠播歐洲，所以亨寧漢說耶聶克（G. Jellinek, 法學家）與屈爾區（E. Troeltsch, 哲學家）在海大有很大影響力，「但比起另一個人來就很小了，雖然只有少數的人能夠見到他，但每個人都知道他。他開了腔，那麼他的話總是有人代為傳揚開去的。這個聲音是《海德堡的傳奇人物》的聲音，是韋伯的聲音。」

海德堡語絲　116

韋伯沒有教書，但他並沒有成為學術界的邊緣人，他仍是中心。他那幢坐落在古堡對岸，尼加河畔的寬敞的三層樓大屋不啻變成了海德堡最出名的沙龍。每個星期天，坐滿了學術、文化、政治各界的名士。由於韋伯有一種性格上的魅力，他妻子瑪麗安娜（Marianne）不只性情好，而且文采卓約，所以這個沙龍就特別吸引人了。沙龍中不只有常客，如海大同事，除他弟弟及上面提到的 Jellinek（影響韋伯對基督教倫理及政治統理之研究甚大）、Troeltsch 外，還有 E. Gothein（史學者，他是極少數在海大開社會學課的）、W. Windelband（哲學者）、E. Lask（猶太人，哲學者）、F. Gundolf（文學家）等等，假期間，外地來的朋友有 W. Sombart（經濟學家，韋伯幾次推薦他接其教授之缺）、F. Tönnies（社會學家）、G. Simmel（社會學家，韋伯曾極力推薦他為海大教授，未果）、R. Michels（社會學家，韋伯認為海大至少應該給他一教書機會，亦未果）。再年輕一輩的有亨寧漢、耶士培、曼漢（K. Mannheim，社會學家）、盧

117　韋伯、海德堡、社會學

加熙（G. Lukács，馬克思主義學者）及其朋友 E. Bloch 等。此外，還有非學術界的，包括政治家 F. Neumann、T. Heuss（後來是德國總統）及名噪一時的詩人 Stefan George 及他的追隨者。當然其他的自然科學學者、藝術家，還有一大堆。韋伯這個沙龍，真可說風雲會合，星光燦爛。因為沙龍的主人翁是韋伯，所以時人稱之為「韋伯圈」。在韋伯圈裡，韋伯的聲音無疑是主音，他雖不會不讓別人講話，但據瑪麗安娜說，在韋伯面前，還能真正發表獨立見解的不多，有之，今日享世界性大名的盧加熙是一個。來自匈牙利的盧加熙與韋伯的世界觀可說南轅北轍；他被韋伯夫人描寫為「來自另一極的人」，但韋伯顯然很器重他。盧加熙幾次請韋伯幫忙，想在海大取得教授資格，韋伯二兄弟雖盡了力，但終因他的書不為其他教授欣賞，未能如願。一九一八年後，韋伯對匈牙利發生的政局及盧加熙所扮演的角色都頗不欣賞，他們也從此再未聚頭了。韋伯在給他的信中說：「親愛的朋友，當然是政治觀點把我們分開了。」

海德堡語絲　118

我是絕對相信那些實驗只會使社會主義的聲名受損一百年的。」盧加熙生活在共產世界，與韋伯當然是越來越遠，後來，他甚至把他意識型態上的錯誤歸之於韋伯的影響。韋伯對他當然有影響，但是不是他「錯誤」的一部分，就很難說了，畢竟他在很多場合是很難不由衷的。韋伯與盧加熙這一段遇已成為學術史上甚有趣味的題目了。但我對韋伯圈感到最大興趣的還是那個大圈中的小圈，也即那幾位社會學家構成的韋伯圈，試想韋伯之外，還有頓尼斯、席墨爾、米歇爾、曼漢這四位，他們都先後是卓然成一家言的大家，他們的著作，不論是一般社會學、社會變遷、政治社會學或知識社會學都是現代社會學的源頭活水。幾乎可以肯定的，沒有了這個韋伯圈，今日社會學的面貌會完全兩樣。

柏深思、韋伯與海德堡

一九二〇年，韋伯去世，「韋伯圈」也就因主人翁之聲沉而星散，但

一九二五年柏深思到海德堡大學時，韋伯仍是「海德堡的傳奇人物」（或應說「海德堡的傳奇幽靈」了），韋伯圈的餘輝猶在，柏深思就是這樣被罩在這餘輝之下的。他說韋伯圈是當時歐洲最有影響力的圈子，也許只有巴黎的「杜凱圈」（Durkheim Circle）可以媲美，當然，另一個重要的圈子就是維也納的「佛洛伊德圈」了（這個就不能說是社會學圈了）。他讀的第一本韋伯的著作就是《基督教倫理與資本主義精神》，讀後大為受落。他說：

後來我決定把它翻譯（為英文）就是它對我的影響的一個指標。當我去海德堡時，我並無打算攻讀學位，但我發現變為學位候選人沒有太大困難，我就改變主意了。我決定了一個以韋伯著作為中心的博士論文計畫。它關於德國社會科學文獻中資本主義的概念。這個論文開始於馬克思，結束於韋伯。

海德堡語絲　120

柏深思於一九三○年譯的《基督教倫理與資本主義精神》，使韋伯第一本主要著作在新大陸及整個英語世界流行。一九四七年柏深思又譯編了韋伯的《社會經濟組織之理論》，並且還寫了長達八十六頁的長序。自五○年代起，韋伯的著作一一被譯成英文，他在美國所受到的重視可說超過了在他自己的祖國，推源究因，不能不說與柏深思留學海德堡沒有直接的關係。但韋伯對柏深思的影響儘管巨大，畢竟不能範圍這位新大陸的大師。柏深思自德國學成歸來八年後（一九三七），出版了震撼當時社會學界的《社會行動之結構》大書。他綜合了韋伯、杜凱、馬歇爾、柏烈圖這些巨子的思想，隱然構成了他自己的思想體系，並開闢了美國社會學上的柏深思時代。所以談「韋伯、海德堡、社會學」絕對不能不談柏深思的。

一九七九年五月二日至三日，海德堡大學為慶祝柏深思畢業五十週

121　韋伯、海德堡、社會學

年,特地為他舉辦了一個隆重莊嚴的學術會議。大題目是「與柏深思教授在一起的科學研討會」,主題是:「行為、行動與系統:柏深思對社會科學發展的貢獻」。與會者除海大社會學系的施洛克德教授、李普秀教授為主人外,還有聲名如日當中的赫勃瑪斯以及與赫勃瑪斯爭一日之長的系統論學者,也是柏深思在德國的思想傳人魯曼(Nikas Luhmann)等。柏深思這位社會學的「大老」對這樣的一個安排一定是格外愉快與感動的。當時,柏深思的聲光在美國正處於大低潮的時刻。其實,自六〇年代末期起,柏深思的理論就一直受到他發展建立的「結構功能學派」派外與派內的激烈批判。記得七〇年代初他自哈佛退休不久,經香港去日開會時,我與幾位同事邀請他到中文大學社會學系演講,新亞書院人文館一一五室擠得水洩不通,那時他的理論已經飽受抨擊,但他老人家既淡定,又溫雅,慢條斯理而又充滿自信地把他系統論的觀點用了一個鐘頭的時間,分析美國的大學結構,好像別人的批評與他的社會學理論

海德堡語絲　122

沒有什麼關係一樣。當然，可以想見的，柏深思對當時英語世界中社會學界的情形不會是最感滿意的。無論如何，德國的母校給了他這樣一個任何偉大學者可能希望有的尊敬與榮耀，應該是他引為快慰的。他與他的夫人海倫也的確對研討會的主人表示了由衷的歡喜與感念。

研討會完後，柏深思在海大的「經濟與社會科學學院」發表了一篇〈行動理論與韋伯的「理解社會學」之關係〉（On the Relation of the Theory of Action to Max Weber's 'Verstehende Soziologie'）的演說。當然，在這篇重要的演說中，他又一次提起五十多年前他在海德堡接觸到韋伯影響的往事。但想不到，這篇演說也就是這位一代社會學宗師的「天鵝之歌」，因為三天後，五月七日夜，他就在慕尼黑逝世了。這真是學術界一個奇妙的緣合。五十年前柏深思在海德堡寫的是韋伯的論文，五十年後，他又在海德堡，把自己的理論與韋伯的來印證。更不可思議的是：他與韋伯一樣，都是在慕尼黑羽化登仙的。柏深思青年時代到海德堡時，

韋伯剛去世五年，緣慳一面，他一直引為平生憾事。這次他在慕尼黑與世界告別，我想他就可以與韋伯在地下抵掌歡聚，談他對韋伯的仰慕，以及他對韋伯的「正解」，當然，還有他的行動論與系統論了。韋伯一定會熱情地並帶有敬意地歡迎他，當然也會討論他們二人之間的學術異同，至於會不會說柏深思後期的系統論太傾向杜凱的整合論上去，就不得而知了。但幾乎可以肯定的，他們二人必會聯袂魂回海德堡尼加河畔韋伯的故居，在二樓的陽臺上，品飲瑪麗安娜煮的咖啡，一邊談社會學的往昔與前景，一邊欣賞古堡、古橋、古城構成的海德堡風光。

萊茵河的聯想

替海德堡增添無限靈韻和嫵媚的尼加河在曼漢（Mannheim）與萊茵河會接。萊茵，這條源於阿爾卑斯山的歷史之河，在德人和外國人眼中，代表了德國，因為它與日耳曼的歷史是一起流動的。就像黃河、長江象徵了中國一樣。萊茵沒有長江黃河的浩闊雄壯，但它平靜的水流卻也載滿了歷史的酸淚苦雨。誠然，無論是坐船或乘火車，見到兩岸綠油油的葡萄園，就只會想起一杯杯晶瑩透明的萊茵美酒。

九年前，在船上，我曾欣賞到五月晚春的萊茵風光。這次，在火車上所見的則是十二月初旬早冬的景色。自曼茲（Mainz）北上，萊茵的冬就

恣意地展現在眼前了。山之麓，河之濱，無數黑白相間、綠門綠窗的農舍，在漫天雪花飛舞中，顯得出奇的靜穆幽麗。這是辛勞的農人的居處？抑是神話故事中的屋宇？為什麼那樣不食人間煙火？！而山之腰的一大片、一大片的「白」便是換了冬裝的葡萄園了，最引人遐思的是山之巔一座座的古堡，像孤立在山頭的一隻隻不知寂寞的兀鷹，有的已挺立在那裡上千年了。萊茵的雪景沒有它晚春時節的曠心怡神，但白濛濛的雪花裡，卻更添增了一份神祕。這情景最易想起法國施陶爾夫人（de Stail）所描寫的德國——浪漫的神仙地，一個上學家和好夢者的國家。我身邊帶著的是一本羅藍編的《萊茵河的傳奇》。德國大詩人席勒曾說：

給我讀神仙故事和傳奇，它們孕育著的都是好的，美麗的種子。

的確，讀《萊茵河的傳奇》，比看德國的歷史美麗得多，好得多了。

德國的歷史，特別是二十世紀上半葉的歷史，太多刀光血影，太不好，太不美麗了。

當走出波昂（Bonn）的車站時，一眼所見的，比我心理上想的還要小，還要平凡。這是德意志聯邦共和國的首都?!毫無疑問，這是我所見過最不起眼的「首都」了。不，這不像一個首都。有人說，西柏林是一個沒有國家的首都，那麼，西德應該說是一個沒有首都的國家了。波昂是一個鄉村，一個小城。為什麼西德首都不設在交通樞紐、商業大都、有政治傳統的「帝城」佛蘭克福？一九四九年這個問題是激烈地辯論過的，但最後是貝多芬的出生地，不是歌德的出生地，做了西德的首都。「為什麼選波昂？」今天還有人在問。

來波昂主要是想參觀西德的國會。海德堡大學社會學教授李普秀的夫

人（Mrs. R. Lepsius）是一位資深的社會民主黨的議員。承她好意，安排了我參觀議員大廈（Abgeordnetenhaus）。這是一座二十九層，面臨萊茵河的大建築。論高，是很高，但實在沒有什麼突出的性格，以德國那麼講究建築之美的民族來說，這實在是難解的。國會大廈（Bundeshaus）是一座五層樓的白屋，白得像「白宮」之白，卻沒有白宮那份高雅的氣質，原來這是以前一個教育學院改建的，怪不得呢！不過，當我看到下議院開會的情形，卻油然產生一份喜悅與好感。這裡有激烈的辯論，那天「綠黨」議員發言最多，但沒有流氓氣，沒有罵街。德國沒有很堅厚的民主傳統，但自一九四九年以來，三十六年中已經建立起一個有秩序、正正派派的民主來了。這是政治奇蹟，比它五〇年代的經濟奇蹟還要難，還要珍貴。希特勒和納粹黨人摧毀了威瑪民主，摧毀了法治，和尚打傘，無法無天，帶給了德國及歐洲史無前例的浩劫，其瘋狂的破壞性只有中共的文化大革命可以比擬。西德戰後在反省的批判、批判的反省精神下

再生,是置之死地而後的新生。德國文豪湯麥斯‧曼在二次大戰的恐怖過去時,曾預言地說:「戰敗者的優勢」。誠然,德國幾乎是一切從頭開始的,德國是真正的「重建」,重建的不止是物質的,也是精神的,民主自由就是重建的最好產品。

國會出來,沿著萊茵河,朝貝多芬的故居慢慢走去。這裡所見的萊茵河已受到工業的污染,對於美國詩人朗費羅(Longfellow):「在此美麗的大地上,所有的河川,無一似伊般美麗!」的讚美就不易領會了。不過,它真平靜,給予人一種可以忘憂的平靜。在十九世紀中葉,法蘭西的民族主義高漲,大唱萊茵是法國的「自然國界」,指出只要一天法國地圖上見不到萊茵的國界,歐洲就沒有持久的和平。當時,日耳曼的民族情緒也一樣的亢奮。有些作家還搞起「萊茵崇拜」來。在德人眼中,「萊茵,是日耳曼之河,不是日耳曼的邊界。」萊茵竟致成為二國驕傲的象徵,竟致成為「法德世仇」的象徵!這個「世仇」之結現在終於解了。看到

眼前平靜的萊茵河，我想起戰後西歐政壇的阿德諾和戴高樂二位老人來！

在德國，到哪裡都少不了看看博物館。德國博物館真多，大城有，小城亦有。波昂的一個博物館正展出一九四五年以來德國社會轉變的圖片與繪畫。在圖片上，看到科隆（Köln）被炸後的情景，殘牆斷瓦，一大片，一大堆，竟看不到一幢完整的房宇。這個阿爾卑斯山以北的最重要的「羅馬城」，百分之九十成了灰燼，戰爭的殘酷，怵目驚心。有一張照片，一群黑衫白領的修女，跪在科隆大教堂附近瓦礫上祈禱，畫面蒼涼冷寂，世界一切都靜止了。真奇妙，如此龐大的建築，前後左右的屋舍都炸燬了，就是這座蓋了六百餘年（一二四八－一八八○）才完成的大教堂，卻只有些微的損傷，這怎麼解釋呢？是不是原始設計的巨匠蓋赫德（Gerhard）陰魂的護佑？是的，他齎志以歿，未能看到大教堂的完

海德堡語絲　130

工。蓋赫德死後，大教堂一直被荒遺著，夜半時分，在大教堂的廢墟中，常發出懊惱嘆息的異聲，科隆人說，那是蓋赫德死不瞑目，因為他曾立意要使它成為西方世界最偉大的教堂的。一直到一八八〇年，在伏格泰（Voigtel）手中，這座伸入蒼穹、俯視萊茵的大教堂才補建完成，此後就不再聽到蓋赫德的嘆息了。

從波昂到科隆，只有二十分鐘的車距。抵波昂第二天，科隆大學的巴羅（Barao）教授接我去科隆。在他的研究室中，交換了不少意見，想不到他對澳門有這麼大的興趣。科隆我九年前就到過的。像九年前一樣，再見到蓋赫德的大教堂時，又再一次產生震動性的驚嘆。如此巨大宏偉的建築，只能教人聯想起長城、大運河！

科隆這個萊茵河上的羅馬人古都，戰後迅速在灰燼中重建了。今日，我看到的是一片興旺，科隆又成為文化、貿易和工業的重鎮了。人口八十餘萬，是萊茵區的第一大都。在西德，也是僅次於西柏林、漢堡、

慕尼黑的第四大城。在科隆，到處看到的是古羅馬的蹤跡，而不是二次大戰的痕印。

在波昂三天，走遍了這個「小都」的「古城」，戰後加上去的哥特斯勃格（Bad Godesberg）和其他幾個衛星小鎮，比原來「古城」大了四倍，就無法一一去了。熟悉了波昂的「古城」後，越來越覺得波昂可以居，可以遊了。來波昂旅遊的人，大都以為值得參觀的就是國會和貝多芬故居。錯了，我就錯了。波昂實際上是德國最古老的城市之一，是一個非常精緻、文化氣息十分濃郁的大學城。波昂大學的前身是一七七七年大諸侯佛得里克（M. Friedrich）建立的學院。一七九八年法國人把它關閉了，到了一八一八年，萊茵區歸屬普魯士帝國之後，大學重開，命名為「皇家普魯士大學」，一八二八年後大學正式的名字是 Rheinische Friedrich-

Wilhelm-Universität，當然，我們只管叫它「波昂大學」。西德這個不過二十八萬人的小都，大學生卻占了三萬，所以書店特別多，咖啡店、酒館也特別多。德人喜歡聊天，談學論道都在杯酒之間。

波昂大學自一八一八年就搬到十六世紀科隆大諸侯所建的巴洛克式皇宮裡去了。很少大學有這樣富麗堂皇的校舍，有之，可能就是曼漢的曼漢大學了。這個戰後重建的黃色宮宇的後面是法國式的宮廷花園。花園的顏色隨四季之轉而變，但總是一片靜穆莊嚴。不過，大學的前門，就面對古城市中心的大街了。像德國其他小城一樣，市中心都列為了「行人區」，汽車與人搶路的情形是見不到的。「心不在焉」的教授儘可以在大街上做白日夢。Remigius 街的安詳雅麗，在世界「大城」中，恐怕只有在慕尼黑才找得到。慕尼黑有大城的規格，卻有小城的風味。我是十一月二十八日到波昂的，這一天開始，德國耶誕節的氣氛就濃起來了；街頭上的飾燈，在夜色中熠熠生光，而「市墟廣場」的貝多芬銅像下，

擺滿了一幢幢的臨建小木屋,這就是一年一度的耶誕市場了。在一個滿置各色各樣的蠟燭的小木屋前,我駐足不前了,太漂亮了。「你是住在波昂的吧?!」我問這個小木屋的主人。「不是,我是荷蘭人。」「那你為什麼不在阿姆斯特丹賣呢?」「荷蘭人已不知道什麼是耶誕節了。」奇怪,德人在現代化上是歐洲最居先的,但對傳統的擁抱卻一絲不落人後,波昂像海德堡一樣,整個十二月都浸在耶誕的鐘聲燭光中。

波昂的波昂街二十號是貝多芬的故居。在那麼平凡的小街上,在那麼平凡的二層樓的小屋中,特別是二樓那間那麼平凡的小房間裡,就是貝多芬出生的地方。貝多芬是個矮個子,真想不到他的交響樂給人那種雄偉浩闊的力量。但他的氣宇很不平凡,那雙眼炯炯有神,那張抵著的嘴最顯出倔強的意志了。二十七歲他就患了「失聰症」,未及三十二歲,

海德堡語絲　134

就活在死亡的陰影下了。他的命真苦，第十交響樂之不能完成，就是因付不出煤炭錢，死之時，狂風怒嘯，雷雨交加，勢若萬馬奔騰，莫非就是他的遺曲?!看他一八〇二年寫的〈聖城遺囑〉，那一筆書法，可惜不是中文的，否則一定是高標獨舉的「貝多芬體」！在佛蘭克福，我曾去過歌德的故居，寬敞多了，體面多了。年輕時，曾迷過他的《少年維特的煩惱》。其實，歌德一生的愛情多彩多姿，在愛情上，只有他使人「失戀」，一點也不像維特那樣悲劇性。歌德命好，一生十全十美，他的才華也是十全十美的，不止是詩人、劇作家，還是律師、政治家，同時在自然科學上也有不凡的成就，完全不似貝多芬，歌德是了無遺憾地與世告別的。

德人對於過去的文學家、藝術家都有親切的慕悅與崇敬，到哪裡，都有他們的紀念物。西德如此，東德亦然，政治使他們分裂，文化還是有讓他們連在一起的地方。二十世紀的德國，二次亡了國，但文化未亡。

文化是根，根未斷，所以在廢墟中又復活了。

離波昂前一天，紐曼（Neumann）博士本來準備陪我去愛非爾山（Eifel）的，我已久仰愛非爾（老火山）一帶的風光，特別是從那裡，居高臨下，最能通覽萊茵河的勝景。無奈天雪，不良於車行，紐曼在電話中說：「遺憾去不了愛非爾，但我會給您一個驚喜。」在紐曼車子裡，他也不告訴我去哪裡，只知道車出了波昂市區，又過了萊茵河，在雪地上行了幾十分鐘，然後在一個小鎮停了下來。風景優美，空氣清新，附近的山勢雄健秀麗，我問：「這是什麼山？」「七高山（Seven Mountains）。」這名字不期然地令我想起了馬料水山頭中文大學日日面對的「八仙嶺」。儘管不一樣，但二者的風姿，看了都教人舒服。再走了一段雪地，紐曼指著半山的一間白屋，「我們去那間白屋看看。」「誰

「阿德諾的。」「噢,這確是給予我一個驚喜。阿德諾不是傳奇人物,但德國之所以成為今日的德國,與這位戰後的政治人物的名字是分不開的。他是俾斯麥之後德國最重要的政治家。

白屋在山腰上。登上了五十八個石階的山坡,來參觀的老年人有些腳力不繼了。阿德諾在一九三八年蓋了這所屋子,他故意要與汽車絕緣,蓋得高高的。要來看他,就得爬山坡,他在八、九十歲時腳力還是那麼健。阿德諾生前,種樹蒔花,像個花農,他不願意把公事、國家事帶進這間白屋,這完全是他個人的世界,他與他家人的世界。未進門,已被周圍的樹木、花草和石雕吸引了。松柏、櫻花、蘋果樹、石南花、茶花、鬱金香,更多的是這位老人最喜愛的玫瑰,這一切都是阿德諾親手經營的。這所灰頂白牆的屋子,當然算不上堂皇華麗,但無疑可以看出屋主人是挺有品味的。音樂室、客廳、飯廳、臥房、書房、船室(因過去船鐘掛在這裡而得名,事實是早餐室),都稱得上典雅精緻,裡面的裝飾

物就——一具有歷史的價值了。客廳裡的陶瓶是戴高樂送的。戴高樂曾以屋主人私人朋友的身分在這裡住過。船室裡的二幅油畫，一幅是邱吉爾的殘缺的古廟，一幅是艾森豪的山水。這幅山水有點「舞文弄墨」，沒有什麼精彩，邱翁的畫也好不到哪裡去，但畢竟有些才子氣。飯廳裡的一瓶酒，在他九十歲生日時也剛好是九十年，現在已是百年的「老酒」了。毫無疑問，最令人激賞的是客廳窗口所見的一幅自然的大畫，那是萊茵的景。這次雖不能到愛非爾看萊茵，但這裡所見的萊茵一樣大有可觀！窗外的萊茵是那樣的寧靜無波，我相信這是屋主人所最愛欣賞的景色。

是的，阿德諾的終生大願就是結束法德的世仇。自一九四九年到一九六三年，他是西德的首相。當選，再當選，又當選。在這十四年中，他始終是西德的掌舵人。在他的領導下，德人創造了經濟奇蹟，使西德在戰火中迅速復興。阿德諾代表德國，公開承認國社黨是用了德國的名義，追求邪惡的第三帝國的迷夢！阿德諾應該不會不希望有一個統一的

德國。史大林是贊成德國統一的，但他只允許德國在共產主義下的紅色的統一。阿德諾為了保障西德的自由，同時也壓根兒厭惡納粹的「大德國」的臭味。他決心與西方結盟；一方面與法國化解世仇，一方面組織歐洲大社會。今之人中，依然有人責怪他倒向美國，斷了與東德的統一之路。也許這些批評不是毫無道理，但當時阿德諾的政敵社會民主黨的舒美克（Schumacher）主張德國統一。但實際上有可能嗎？即使讓德國「中立化」，又達得到嗎？瑞士蕞爾小國，天生就有中立的條件，而德國在歐洲是龐然大物，能「中立」得了嗎？蘇聯會允許嗎？美國、英國會同意嗎？特別是法國和其他歐洲小國會放得了心嗎？而一個統一強大的德國願意或能夠永遠中立嗎？

阿德諾是科隆人，他做過科隆市長，在蓋世太保手上吃過苦、坐過牢。一九四五年美國促使他回去當被毀得體無完膚的科隆市長；但英國竟以他「無效率」把他解了職。一年後，這位喜歡玫瑰而不願被稱為「種

玫瑰的人」的阿德諾就在英國管轄區內當選了基督民主黨的領袖，並成為戰後西德重興的政治家。他的外交政策也許會繼續受到爭論，但他在內政上至少比俾斯麥還要成功些。阿德諾不是天生的「民主人」，但在他的任內，西德發展了為萬世開太平的民主。

看著這老人的肖像，額上刻著一道道的皺紋，沒有笑容，也許他覺得德國並沒有獲得長遠安頓的基礎吧！我看看周遭的訪者，少得很。有幾個老年人，也有一、二個幼孩，但就沒有年輕人，這麼短的時間，他就被新一代的國人遺忘了?!

窗外，萊茵的水靜靜地流著，萊茵流著的是德國的歷史，我不能不想起統一德國的俾斯麥來。

從波昂北上到漢堡，倒不是專為去看俾斯麥的故居，我是專誠去看臺灣大學的同窗聶有溪博士的。他熱情的來信，使我無法不到德國北方的水都一行。臺大驪歌之唱，二十有八年矣，我們分手應該有二十六年了，「昔日君未婚，兒女忽成行」，在漢堡有溪家中，看到他夫人和二個很有禮數的孩子。在喜悅中不免有光陰如箭的唏噓。我們忙著談德國的事，二天的歡聚竟沒有隻字提起臺大法學院法律系的當年，也許，那是「太久」的事了。

漢堡是德國北方第一大都，人口一百八十萬，面積與香港差不多，漢堡的重建又一次令我體會到西德復興的意義。二次大戰時，死了四萬八千人，毀了三十萬幢建築，但現在哪裡有半絲戰火的遺跡？即使重建的屋宇也是歸復了原有趣味與風格。我不知道它原來是世界第一個有地下鐵的城市，我也不知道它是比威尼斯有更多橋（一千三百座橋）的城市，我更不知道它是世界綠化最好的城市。漢堡有許多世界之「最」，

當然包括男士很少不去一遊的世界最多聲色之娛的 Reeperbahn 街！

漢堡已遠離萊茵，它是愛伯河（Elbe）上的大都。俾斯麥的祖先就住在愛伯河的東岸。從漢堡乘地下鐵到艾墨爾（Aumühle），再轉火車到弗得里簫這位鐵血宰相的故居，大約一小時。

在艾墨爾等車的時間裡，到一家叫 Fürst-Bismarck Mühle 的餐館喝咖啡，這是一幢十九世紀德國典型的木屋。門前是一個已結了些冰的小湖，湖中的倒影越顯出這幢木屋的拙趣。「為什麼這餐館用俾斯麥之名？牆上又到處掛著他的像呢？」我問一位伙計。「這是俾斯麥家的產業呀！」原來從艾墨爾到弗得里簫一大片的山林都是德王威廉送給他的老臣的采邑！

在弗得里簫下了火車，走不到十分鐘，就是俾斯麥的博物館了。這個博物館不大，但可看的東西真不少，那些巨大的銀雕金刻的功勳牌，迄

海德堡語絲　142

與日耳曼歷史一起流動的萊茵河

今還隱隱生輝，但整個館裡，除了我之外就是我的足聲了。在一個玻璃櫃中，展出的是李鴻章當年來此拜訪這位鐵相時所題的字，上面有「仰慕畢王聲名三十餘年⋯⋯」這些話。的確，俾斯麥曾被視為當時歐洲最偉大的政治家，而他的聲名到一八七一年統一德國時，更是如日中天了。當這位七十二歲的老宰相被威廉二世貶黜時，弗得里簫成為了德國的聖地，朝聖者不絕於途，生前他已是一位「傳奇人物」了。

俾斯麥常說，一個人能做到的很少很少。不過，他確是隻手改變了德國命運的巨人。但是，儘管他用盡心機，他想要防止、想要拖延的事，世界戰爭，世界革命，最後，其實在他身後不久都一一發生了，而他熱愛的普魯士國連名字都已在人們記憶中淡褪了。韋伯說得對，俾斯麥政治成就的悲劇，就是他老年時已無法適應他自己創造的帝國的經濟結構了。所以，俾斯麥還是對的，一個人能做到的是有限的。歷史就是這樣清清楚楚地展示。但人就是不肯從歷史中汲取教訓。三〇年代，德國的

一個狂夫,一個魔術師,他甚至不要人把他與俾斯麥一起比,因為他認為他比俾斯麥還要偉大得多,他要建立連鐵血宰相做夢都未做過的德意志大帝國!就是這個狂夫,把德國推向血淵骨嶽,點燃了世界大戰的火頭。就是這個狂夫的罪孽,使德國今日年輕的一代對於德國的「政治之過去」產生罪疚感、無奈感、虛無感。今日的德人像阿德諾一樣,從不提「過去」,他們把希特勒一路通向俾斯麥的歷史,一筆塗銷。德國年輕人生活在「政治斷層」的時代裡,他們把一九四五年看做是「零年」,一切從零年開始。

無怪乎?!弗得里簫這麼大的地方,只有我這個好奇的異鄉客。

從弗得里簫,我沒有搭火車,穿過一大片森林,慢慢走去艾墨爾。這片森林,好幽靜,也好冷冽。此刻,埋在雪裡的落葉,在陽光下,又在

溶雪中透露出紫紅的鮮豔,像踩在一大塊、一大塊晚秋色的地毯上,我想,這山林在秋天該是很美的。

臨近艾墨爾的林邊,看到一位長滿鬍鬚的年輕人在散步,終於遇到一個德國人了。「您在此有何貴幹呀?」是我問的。「尋找靈感。」「從俾斯麥身上找靈感?」「不,不是。」「您去過他的故居嗎?」「我沒有興趣。」「就在不遠的地方呀!您可知這就是俾斯麥常散步的森林嗎?」「我知道。」原來他是一個演員和劇作家,他說他有一個劇本不久就要在「布亨」市演出,講的是一九四五年以後德國年輕一代的徬徨和思索。是的,俾斯麥對德國年輕一代來說,已是太久太遠的事了,尤其是通過了一個惡夢一般的「第三帝國」,他們更不願記起「過去」了。誰又願意面對只會引起罪疚與羞愧的「過去」呢?但「零年感」似乎也並沒有帶給德人一顆可以安身立命的心。人是無法逃避歷史的,「過去」與「現在」的邊界又是如此的稀薄與模糊!無論如何,人是發展的,社

海德堡語絲　146

會是發展的。人可以斬斷「過去」，但不能不生活在「歷史」中。德人是太怕重蹈第三帝國的覆轍了；這是好的，但真正的勇者境界是面對歷史，從錯誤中汲取智慧。戈樂·曼說得很有意思：「問這樣的事『會不會』重演，在我看來是無意義的，我們『要不要』它們重演，才是更有意義的問題。」在想這樣的問題時，總會聯想起中國大陸上許多人依然心有「餘悸」和「預悸」的文化大革命。

南歸的火車上，又見到了萊茵河。這一週的北方之旅，恍惚行走在歷史的隧道上。

柏林的牆

德國居歐洲的中心地帶，海德堡在地理上又是德國的中心。坐一小時火車到佛蘭克福，從佛蘭克福，乘泛美客機（西德的民航機不飛柏林），也是一小時，到西柏林。西柏林像是共產德國汪洋中的一個小島，距西德最近的疆界也有百餘里。它是完完全全孤立的。

西柏林的地位非常特殊，它是德意志聯邦共和國的一個「邦」，是與西德的經濟、法律、行政相連的「特區」。雖然它有民選的政府，但卻是歐洲目前唯一軍事占領的城市。根據一九四九年倫敦協議，柏林被瓜分，由美、蘇、英、法四國聯管。蘇聯所統治的恰是柏林的一小半。

由於蘇聯存心吞掉整個柏林，所以「東」「西」的冷戰在熱戰剛結束就開始了。一九四八年時，蘇聯割斷通向西柏林的一切陸上交通，西方聯軍只好以空投來維持西柏林的生命線。起初，一天十架，繼之百架，最後每日以千架次飛往於西德與圍城之間。在這場史無前例不冷不熱的柏林「解圍戰」中，聯軍的空運人員犧牲了七十人，德國工人犧牲了八人，這才使西柏林活下去，挺下去，蘇聯最後也只好讓步，撤銷封鎖。一九四九年五月二十三日，德意志聯邦共和國哇哇落地，未幾，德意志民主共和國也成立了，這就是今天的西德和東德。

五〇年代，東德逃往西德的不下三百萬人，一半以上是通過柏林的。不以修養到家出名的赫魯曉夫（Nikita Khrushchev）受不了了。一九六一年八月十三日，一夜之間，在蘇聯坦克威鎮下，東德士兵和工人在東西柏林之間建立了一道牆。開始是電線和路障，但依然阻不了逃亡潮，接著就換了水泥鋼筋。這道九尺高的醜陋之牆就這樣把柏林一割為二。這

海德堡語絲　150

是違背倫敦協議的，更是不人道的。不過，聯軍眼巴巴看著，沒有能做什麼。西德情緒高漲，認為這不啻是在德國分裂的文件上蓋了最後的印。阿德諾沉默了很久，他一直是主張實力外交的，最後在電視上向國人報告為什麼他不能有所行動。他說，核戰的危險性太大了。從此，在「核戰恐怖」下，柏林的局面冰凍了。一九六三年，瀟灑英俊的甘迺迪總統在西柏林說：「我也是一個柏林人！」話說得真教柏林人舒服，一時間，情緒亢奮得很，但畢竟只是一句漂亮話！

作為一個中國人，對德國的命運不由不特別注意，對柏林這道牆更不由不特別敏感。除了長城之外，這是世界最著名的牆。不同的是，長城是防外敵入侵的，柏林牆是防人民外逃的；當然，長城美，柏林牆醜，前者一年四季都入目可觀，後者春夏秋冬都一樣刺眼。不過，二者也有相同之處，長城與柏林牆皆是今日觀光工業的重點了。天下事，就這樣不可思議！

為這道牆，我來德國前就決定要去柏林了。

十二月九日到十二日，在柏林耽了四天，十二月十日去了東柏林一整天。

柏林很久以來就是一個響亮的名字。柏林與太多美的、醜的符號與事物強烈地連在一起。無論如何，今日它已與俾斯麥的帝國之柏林告別；已與二〇年代、三〇年代集歡樂與頹廢大成的柏林告別；也已與納粹的第三帝國的柏林告別。一九四五年戰爭結束的一年，柏林是一片焦土殘垣，但不過三十年，柏林再生了，是烈火中再生的火鳳凰；是兩隻，不是一隻。不過，這是兩隻性格迥異的火鳳凰。

西柏林的重建真快，今日已看不到一點戰火的遺跡了，有之，便是威廉帝君紀念教堂（Kaiser Wilhelm Memorial Church）那個殘缺的鐘塔了。它是像海德堡的殘堡一樣，這個鐘塔也已被視為「柏林最美的殘缺」。它是故意保留下來，用來告誡國人戰爭之可怖的。柏林曾受三次空炸。第一次在一九四〇年，那是英國對德國閃電空襲倫敦的報復；四三、四五年

海德堡語絲　152

兩次則是英美地毯式的轟炸；最後的一次，在一個鐘頭裡，一里半方圓的市中心全被剷平。成千成萬幢房屋剎那間灰飛煙滅。不錯，希特勒對敵人是無所不用其極的，盟軍在那個戰爭的日子裡，怎麼能手下留情？誠然，當時的心態是，對付希特勒，對付納粹，對付德國是一而三，三而一，不必分的。以牙還牙，什麼方法都是合理的。是的，在那個今日德人不願回首的日子裡，當時的德人，不是很少，而是很多，都是跟著希特勒中瘋狂走，都是像患了癲癇症一樣，難怪阿德諾公開表示過：「在國家社會主義時期，德人所作所為使我鄙視他們。」但是，畢竟也有不少德人與希特勒和納粹是不共戴天的。唉，在戰爭中，人不是全瘋，就是半瘋；不是全盲，就是半盲。有多少能不瘋不盲的呢？

西柏林重建得也許太快，也許不能不快。許多新建的屋宇都是灰暗的、單調的、無個性的鋼筋水泥。真能令人悅目、值得觀賞的還是那些古建築，那些恢復舊觀的新建築。「夏綠蒂宮」（Charlottenburg）富麗

堂皇，居然無恙！那座因一九三三年神祕著火而著名的帝國國會大廈是重建起來的，還是寫著「獻給德國人民」字樣。裡面有一個展覽：「反省德國的歷史」，它對一八〇〇年以來德國的政治社會史，有一個很坦白嚴峻的反省。日本有許多地方學德國，有的還青出於藍，在這方面，日本為什麼不學?!

講重建，東柏林一樣值得大書特書。東柏林的復原比西柏林慢了好多拍，至今還容易見到戰火的遺痕，但戰前許多古老光輝的大建築，都一一重建起來了。在雄偉的 Brandenburg 門之東，那條菩提樹大道（Unter den Linben，字譯為「在菩提樹下」）一度是柏林最宏偉的大道，這是佛特烈大帝視為帝都最中心的建築群，最能顯出十八世紀的榮光。一直到二次大戰被毀前，它的光輝，熠熠奪目。東柏林現在已重植菩提樹，一些巨大的建築或復原或新建。希臘廟宇式的德國國家劇院就巍巍然樹立在洪堡德（Humboldt）大學前面了。距菩提樹大道不遠處，東德也努力

海德堡語絲　154

在回復老柏林的另一個大建築群。中央是巨柱擎天、氣魄雄偉的大劇院（Schauspielhaus），左邊是雍容華美的「法國大教堂」（Französischer Dom），右邊正在動工的則是「德國大教堂」（Deutscher Dom）。這些建築的復原，不止需要大資金，還需要大魄力。東柏林慢條斯理地，一幢幢、一座座的回復。一般公認東柏林之重建比西柏林更能彰顯老柏林的原趣。當然，東柏林包括的是老柏林原有的中心區，而它又是東德的「首都」，特別是為了要與西柏林競賽，不能不賣氣力。有趣的是，東柏林不但一一恢復古都的舊觀，甚至連佛特烈大帝的馬上銅姿也從波茨坦搬回菩提樹大道來了。除了「卡爾‧馬克思大道」是模仿莫斯科，發揚「共產主義精神」外，東柏林表現出來的則是在重顯普魯士的昔日榮光。我們得知道，東德儘管是莫斯科的衛星國，但東德人還是有德國民族的自豪。東德的工業在歐洲排名第五，在世界排名第十，國民所得高於義大利、愛爾蘭，更妙的是，電視機的平均擁有率比法國還高。的確，

155　柏林的牆

他們很「德國」，至少在東柏林遇到的人，好禮；見到的地方，乾淨。

當然，東柏林要跟西柏林比還有一段大距離。「菩提樹大道」縱然莊嚴宏偉，「阿歷山大廣場」儘管也多了咖啡店、餐館、小商鋪，但較之西柏林「柯芙斯姐大道」（Kurfürsten，暱稱 Ku'damm）的火樹銀花，城開不夜，就顯得黯然失色了。二里長的 Ku'damm，車開六道，行人道更是寬敞惬意，它有一千一百家商鋪、百貨公司、時裝店、咖啡店、劇院、畫廊，那情景，那氣氛，令人想起巴黎的香榭麗舍，是的，Ku'damm 所見的女士在婀娜嫵媚中更多一分剛健的風姿！

西柏林也許是資本主義的西德中最有資本主義色彩的，而西柏林中最炫耀資本主義物質之富美的應是「維吞班克廣場」的 KeDeWe 大百貨公司了。員工二千八百人，一層層的擺設，處處顯出商業與藝術的結合，連來自東方最資本主義化的香港的我，看了都只有讚嘆的份兒。特別是它六樓的「食品樓」，裝飾之雅，品類之富，非親見不足為信，五百種

海德堡語絲　156

麵包,一千種香腸,一千五百種芝士!到柏林的人,除了看牆,不能不到此樓一遊。相對之下,東柏林的「社會主義櫥窗」,何其平淡、寒傖!離西柏林的當晚,我在「歐洲中心」頂樓的 I-Punkt 咖啡館外眺,西德這個「特區」,夜景之繽紛燦爛,恐怕只是稍遜於香港維多利亞港的兩岸!

東柏林與西柏林,可說是「一城兩制」,只要牆存在一天,就是二個迥然不同的世界。其實,牆的西邊最吸引人的地方倒還不是資本主義的物質之富,而是它的自由,自由使西柏林這隻火鳳凰充滿文化的活力。

西柏林有動人的文化,早在一七〇〇年,萊布尼茲(Leibniz)到柏林建立普魯士科學院時,就使柏林取得德國的學術領導地位了。柏林在德國的文化中,三百年來,一直有很特殊的位置。薛勒梅客(Schleiermacher)在《德國大學偶思》中,對於選擇柏林作為一所偉大大學所在地的構想,有這樣的話:

157　柏林的牆

這道牆把柏林閹割，把德國分裂了

為什麼是柏林？是否這樣的選擇是鑒於唯有柏林才能提供的好處？誠然，這些好處是顯而易見的，因為柏林是一個學術、天才、藝術的豐盛的中心；它擁有許多機構，正可能支援一所大學。反之，這些機構也可從大學中獲得一個新的光輝，一個新的希望。同時，柏林提供了一個最有文教的生活模式。

薛勒梅客的話是一八〇八年講的，那是一個思想風發、人才輩出的年代。一八一〇年，偉大的柏林大學（洪堡德大學）就誕生了。

柏林在俾斯麥打敗法國，統一德國之後，享有了好一段安定的日子。工業上一日千里，成為工業的重鎮。到了二十世紀初葉，更無可爭論地成為德國政治與文化的大都會。藝術家如印象主義、表現主義的 Max Liebermann、Louis Corinth 等開始在繪畫上向慕尼黑的地位挑戰，維也納的 Max Reinhardt 成為德國劇院的負責人，決心使柏林成為領導歐洲的

戲劇中心。德國音樂上浪漫主義的魯殿靈光 R. Strauss 就在皇家歌劇院任總指揮，而科學家有發現肺病、霍亂病病菌的 R. Koch，有名重一時的物理學家 Max Planck 所建立的著名的 Max Planck 研究所，二十世紀最偉大的科學家愛因斯坦就在這裡負責物理學。真是風雲際會，極一時之盛。一次大戰後，普魯士的氣息煙消雲散，柏林更變為一個百花齊放、光怪陸離的藝術之都。荒謬與嚴肅一齊登場。Otto Dix, Max Backmann 的畫就告訴我們那是什麼世界了。文學上左翼的 Heinich Mann 當選為普魯士作家學院主席，Bert Brecht 繼承了 Max Reinhardt，電影製作家如 Fritz Lang、Joseph Von Sternberg 可說是一代的先驅。進入二〇年代之後，世界經濟不景氣，失業大增，通貨膨脹更到了上街要用皮箱裝鈔票的地步。到了一九三三年，希特勒上臺，一個絕對荒謬瘋狂的時代開始了。五月十日那天，納粹組織了成千的學生，拿著火炬遊行到菩提樹大道洪堡德大學門口。他們手中有書，但不是去上課，而是到火炬場，湯麥斯・曼

海德堡語絲　160

兄弟二人的書，愛因斯坦的書，佛洛伊德的書，左拉、紀德的書……都燒了。學者、文士、藝術家當然只有自求多福，各奔前途了。從此，柏林進入了文化的黑暗時期！

但今日柏林又重生了，在政治上、經濟上重生；在文化學術上也重生了。誠然，這還是由於它的底子厚、人才多。西柏林的博物館、圖書館多不勝數，雖沒有東柏林的 Pergamon 那樣雄偉的博物館，但新建的 Dahlem 博物館、國家藝術館、國家圖書館均是第一流的。二次大戰時建築被毀，珍藏的藝術品、書籍卻未遭戰火。德人不止愛文化，簡直崇拜文化。薩克遜邦肯花三千二百萬馬克從倫敦拍賣行買回十二世紀的 *The Evangeliar of Henry the Lion* 這本書，與其說是出於宗教的熱忱，不如說是出於對傳統與鄉土之愛。我在柏林時，這本世界最貴的書正在「藝術與工藝博物館」（Kunstgewerbe Museum）展覽。

西柏林政府對於文化的鼓勵不惜工本，遂而吸引了歐洲不少一流的人

才,特別是學生與藝術家。他們可得到政府特別津貼,還可以免去服役的義務。既然原來柏林大學(洪堡德大學)落到牆的那一邊了,牆的這一邊就在一九四八年建立了「自由大學」。自由大學外,還有技術大學。加起來有七萬五千學生,三萬教職員。此外,還有無數以 Max Planck 研究所為首的研究機構,共有五千多專業的研究生。這次,我在柏林作客的是「柏林高級研究所」(Wissenschaftskolleg zu Berlin,英文名是 The Berlin Institute For Advanced Study),可能是柏林最新、也可能是最有前景之一的高級學術機構。它成立於一九八〇年六月,由私人基金會支持,所址原來是一豪華的私家別墅,氣質典雅,充滿書香。毫無疑問,「柏林高級研究所」的理念是從普林斯頓高級研究所那裡得到啟發的。這個研究所不大,共四十位院士,研究所的午餐方式,使我覺得回到了九年前劍橋克萊亞書院(Clare Hall)的日子了。特別高興的是與該所兩位「永久院士」之一的列普尼士(Wolf Lepenies)教授會面。他是自由

大學的社會學教授，原來是普林斯頓高級研究所的院士。德國人還是回到了德國。他剛出版的《三個文化》一書，引起我很大的興趣。不知道這本大書會不會像史諾爵士（C. P. Snow）的《兩個文化》那樣造成世界性的注意或爭論呢？!在高級研究所的早餐桌上，天天見到盤恩彭教授（N. Birnbaum），談得很愉快，我最記得他寫的〈馬克思社會學的危機〉那篇文章。說到馬克思，我很不易忘掉在東柏林時訪問他母校洪堡德大學的經驗。

洪堡德大學在戰前極享盛名。所以，我一過了「查理檢查站」（Checkpoint Charlie），就向那所大學步行而去，不消十幾分鐘就到了。建築很古典，只是有些破舊了。校門前洪堡德兄弟兩人的石像都有「智者」的氣氛。在一個學生的餐廳裡，在兩位同學面前自我介紹後就坐下來跟他（她）們一起喝咖啡了。我發現她（他）們都十分喜歡跟我這位不速的東方客談天。慢慢就增加到六位同學了。有學法律的，有學教育

的，也有學文學的。奇怪，他（她）們的英語都講得很不錯。儘管俄文是必修的，但他們都更喜歡選修英文。在兩個半鐘頭的言談中，我嗅不到教條味，只有在談到德國統一問題時，有一位，只有一位，這麼說：「也許將來會統一在社會主義原則下吧！」說時有些靦腆，其他幾位就望著她，帶著一種很難形容的笑容。他們幾乎都說：「我們不以為德國的統一是可能的，至少很久很久不會可能。」他們理解到除非東西方的冷戰解凍，除非美蘇有真正和好的一天，東西德的統一是極渺茫的。「妳（你）們希望見到統一嗎？」「是的，但太難了，我們所能的只是希望。」是的，人不能沒有希望，人有時唯有靠希望才能活下去！牆的東邊的人特別需要靠希望。

關於德國的統一，牆的西邊的人就連這個希望似乎也不存了。他們把這個問題，不只看做是「不是可能」的事，更看做是「不是好」的事，就有些知識分子說：「坦白講，統一不一定是好事。德國的統一不只對

海德堡語絲　164

世界的和平不好，對歐洲的和平不好，對德國本身也不一定好。」這些話的背後，有太多的歷史與反省的感觸。西德人中，除了一些與牆那邊有親友者外，很少，特別是年輕的一代，對德國的統一有什麼熱情。戴高樂曾語帶輕快地說：「德國人變了。」

我曾特地到西柏林的奧運場。居然沒有炸掉，那是一九三六年希特勒要向全世界顯耀日耳曼人優越的地方。當然，我們知道他這個狂妄的迷夢被一個叫歐文思的黑人運動家粉碎了。這個運動場真不小，座位九萬五千個，站位二萬五千以上。遠遠我可看到那個包廂，在那個包廂裡，希特勒曾志得意滿、耀武揚威地站著演說。當年他演說時，德人如痴如醉，像著了魔一樣！但今日的年輕人再聽到希特勒的演講錄音時，就忍不住會笑，更忍不住會奇怪，當年他們的父母怎麼可能對那副腔調會不笑的呢?!當年膨脹了的希特勒，不但德人覺得他非比常人，覺得他有「奇里斯瑪」（charisma），連希特勒自己也忘掉了人工化的膨脹，也覺得自

己是半人半神了。這個膨脹了的「巨人」，一旦被戳穿，就是一個小丑了；小丑的話怎能不令人發噱?!也許希特勒一直是那樣的一個無賴小丑，只是德國人變了；他們再看不到希特勒身上的「奇里斯瑪」了，也不再希望追求德國的榮光了!不久前一個對西歐的民意測驗中，問他們是否對自己的國家感到自豪?在德、英、法、西、義五國中，感到「自豪」最少的是德國人；反之，感到不值得自豪最多的也是德國人。這是很有意思的發現!很值得深思的發現!

德人從希特勒身上獲得了太深的教訓。他們，至少為數不少的西德人，不再覺得強大、統一、民族主義這些東西的吸引力了。分裂使德人清醒，至少牆的西邊的人越來越覺得，一旦德國統一，歐洲人固難以「安枕」，德人自己也恐怕難以「安分」，他們怕會再患上「帝國夢症」、「強國夢症」。其實，戴高樂所以能與阿德諾做朋友，就是因為阿德諾只代表了半個德國，就是因為可以看到萊茵河的風平浪靜!法國人會安心嗎?

海德堡語絲　166

如果德國成為八千萬人的統一的德國？有位法國人說得真妙：「我太喜歡德國了，特別是現在有了兩個。」英國人呢？有人曾問邱吉爾德國的未來。他說：「A Hun alive is a war in prospect. 」（「只要一個匈奴活著，戰爭就有可能。」Hun 一字也指二次大戰中的德兵，邱翁用詞之精，於此可見。）歐洲其他的國家怕德國的統一，蘇聯、美國也不會喜歡出現強大統一的德國。而德人，至少絕大多數年輕一代的西德人，現在喜歡的是自由，不是統一。像他們偉大的詩人海涅（Heinrich Heine），像他們最崇拜的文學巨靈歌德一樣，年輕一代的德人把自由放在價值天平的第一位。海涅厭惡民族主義，特別是日耳曼民族主義，認為那是基於仇恨之動力產生的一種愚蠢和破壞的力量。歌德覺得革命的戲劇有趣，但卻奇怪而可厭。他曾說過這樣的話：「日耳曼人呀！你們希望成為一個國家，那是徒然的，不如把你們自己變成自由人吧！那是你們做得到的。」

在柏林回海德堡歸途的空中，艙外是一大堆看不透的雲層，我腦中也是一大堆很難想得透的問題。

薩爾斯堡之冬

漫天雪舞中，火車馳進了奧地利海拔一千三百呎的薩爾斯堡，這個世界著名的莫札特之城。我倒不是去音樂之城朝聖的，只為了海德堡友人的一句話：「你喜歡海德堡，你就不可能不喜歡薩爾斯堡。」他（她）們都曉得我想去奧地利一遊，又知我特別鍾意小城，所以只提薩爾斯堡，未提維也納了。

一出車站，就覺得這個十五萬人的小城具有一種特有的氣質。跟海德堡不同，好像更亮麗些，更輕逸些。進入旅舍，就要了一張「行路圖」，櫃臺的女士說：「雪大，行路難，不如參加旅行團舒服些。」她推薦了

一個五小時的,包括小城和鄉郊的小旅行團。從一些書中得悉,薩爾斯堡是城的名,也是州的名。來薩爾斯堡就不能只遊小城,不遊鄉郊,因為它的美是「文化美」與「自然美」的結合。文化之美的焦點在城裡,自然之美的精華在鄉郊。在歐洲,我從不參加旅行團,這次破例了。料不到的是,這個應有八人的小旅行團竟然除我之外,只有來自英國的夏爾埃普先生和他的妻子。我不禁替司機兼導遊的蓋赫特君暗暗叫苦,但卻也竊竊有一份喜悅,這不啻是三個人的專車了。

夏爾埃普先生是一位很典型的英國紳士,沉默和善,不大講話,偶爾會說一兩句幽默話逗他的妻子開心。他夫人是位莫札特的知音,有些憂悒感,但時而綻放清靈的笑容。一路上,她毫不吝嗇地給我講莫札特的故事,增加了我對薩城之遊的興致。莫札特於一七五六年出生於這個小城,但跟當時的大主教 Hieronymus Colloredo 不和,二十五歲就去了維也納。他去世時,不過三十五歲,卻留下許多天才橫溢的不朽樂章。儘管

海德堡語絲　170

莫札特客死異鄉而無悔，他仍然以故鄉最是美不可奪。他曾說過：「我看過無數佳勝之地，但比起薩爾斯堡天國似的自然之美，就微不足道了。幾乎每走一步，就可見到一個新景，另一個上帝的奇妙創造。」而今天，薩爾斯堡有著這位音樂奇才各種各樣的紀念物。他的出生之屋，他的少年憩遊之所，都已成為文物保護的重點。還有以他命名的廣場上的銅像，以他命名的博物館，以他命名的橋，以他命名的音樂學院（Mozarteum）。在莫札特音樂學院的花園中，還有從維也納搬回來的小木屋，據說這位「樂仙」最後的樂曲——〈魔笛〉就是在那裡譜寫的。生前莫札特在故鄉悒悒不歡，而死後薩爾斯堡卻成了莫札特之鄉，至於那個大主教的名字則鮮為人所知了。的確，莫札特更給予了他美麗的故鄉一種音樂的清靈韻，一種魔術般的吸引力。是不是我開始感到的特有氣質，就是莫札特的仙氣？

當車子從「新城」過施戴德橋之際，展現在眼前的景色，我忍不住叫

171　薩爾斯堡之冬

司機停車。那麼新鮮,卻又是似曾相識。是了,多麼像海德堡呵!巍巍然聳立在山巔的是一個巨大的古堡,古堡君臨下的是「古城」。古城與新城間又有一條像「尼加河」的「薩爾沙克河」（Salzach）。這小城的結構太像海德堡了。但再細看時,薩爾斯堡還是薩爾斯堡。這座巨大的古堡是灰白色的,不是粉紅色的;是完完整整的,不是殘缺的。這個叫做 Hohensalzburg 的古堡,初建於一○七七年,六百年來,不斷擴充,到十六世紀才全部完成。古堡一直是薩城的守護神,它也是當今世上最巨型、保存得最完整的中古堡壘。雖已看慣了海城古堡的「殘缺之美」,仍驚覺到這個古堡的「完整之美」。

在古城裡,車子只在「聖彼得教堂」停了一回。這個薩城唯一羅馬式的教堂,也是阿爾卑斯山區最早的基督教堂,已有八百五十六年的歷史了。它的前身是「聖彼得寺院」,更早於六九六年就建立了。而令人更歡然有喜的還是教堂後面的墓園。在一片白雪披覆下,一座座的小墓

海德堡語絲　172

碑，令人有羽化仙潔之感。有的上面還放了鮮花。在這墓園裡，我沒有想到死亡，只想到安息，不知怎的竟想起林黛玉的葬花。最有趣致的是依岩而築的一個個小小的拱形圓頂的祈禱窖。據說，在地下墓窖裡，莫札特的妹妹、大音樂家約翰・海頓的弟弟米雪・海頓都長眠於此。夏爾埃普夫人告訴我：《仙樂飄飄處處聞》（又譯《真善美》）的電影中屈潑（Trapp）一家在逃亡時就躲在這墓園裡的。噢，對了，薩爾斯堡所以像海德堡一樣，每年有近三百萬的遊客，不完全是莫札特的魅力，說不定更是借光於這部在世界各地掀起賣座高潮的電影；海城也是因《學生王子》一劇而揚名四海的。這二部電影使這二個小城成為觀光客的「麥加」，但卻也造成了小城的災難。所幸，我是隆冬時節的訪客，整個小城的景色好似是專為我們幾個人布設的。旅行遇到觀光的人潮，就是「摩登走難」了，我忘不了去年五月長城城頭萬頭蠕動的情景。

一出古城，就與大自然直接照面了。薩爾斯堡是三組高山環抱的小

城。這三組山叫 Unterberg、Hohn Goll、Tennengebirge，它們是阿爾卑斯山的「前山」，巍峨雄奇，有蒼龍飛天之勢。千年未化的雪嶺，閃閃生光。這景象不期然把我帶回到北美落磯山脈去了。年前遊落磯山，第一次見到萬山奔騰、千里雪封的景象，心旌為之搖撼，不能自己。想不到此次又得在薩爾斯堡鄉郊再次看到、再次呼吸到天地原始的靈氣。天之於我，不可謂不厚矣！

車子轉了幾個彎，停了下來。蓋赫特君陪我們踏著厚厚的雪地，他說要我們欣賞十六世紀的「艾尼菲水堡」（Anif）。不需五分鐘，水堡就呈現在眼前了。「艾尼菲」幽幽地矗立在一片水晶藍的冰湖上，它不是黃色的，也不是白色的，是那種恰恰與湖水襯配得毫無瑕疵的顏色。靜極了，美極了。偶爾聽到幾隻水鳥劃破冰湖的聲響。四個世紀的美原封未動地凍結在那裡。是哪一個建築家有這樣的靈心仙情？在車上，我仍然在問。

海德堡語絲　174

一路上，有看不盡的景致。我愛秋，秋讓萬物在凋謝前展露了潛有的本色，秋不能久住，卻有最璀璨的時刻。冬的雪是美的，但它的白把萬物，美的醜的，都白化了，一律化了。妙的是，薩爾斯堡的冬雪，非但沒有掩蓋了景物的美色，反而用雪之白把自然與屋宇襯映得更冷雋出俗。

十八世紀的 Leopoldskron 宮，在冷冷的冰雪中，她的洛可可式的樣貌，看來就很入眼了。就在宮宇後面的山巔上，可以見到薩城的古堡。不，此刻它像是懸在遠遠的天邊，在雪花上。

車越轉越高，雪越來越大，我們向 Salzkammergnt 的湖區開去，山上有孤單的、也有三五錯落色澤鮮麗的木屋，真難信這些是當地的農家。

離城十里左右，車停了。我們到了著名的「佛西湖」（Fuschlsee）。難怪呢，《仙樂飄飄處處聞》要把她攝入鏡頭裡了。如此的境界，不聞仙樂，已感到仙氣郁郁了。湖邊最高的山岩上的「佛西宮」（Schloss Fuschl），昔日是大主教狩獵的行宮，今日已改裝為第一流的旅館。湖邊

175　薩爾斯堡之冬

低處還有一「佛西村」，那裡有幾個旅舍，更有可以租住的一幢幢小屋。毫無疑問，在佛西宮喝杯咖啡，用些糕點，有無上的愜意。坐著的椅，壁上的畫，都足以生思古之幽情；而步入佛西宮低層的餐廳時，整個「佛西湖」就裝在一扇扇潔淨無塵的窗櫺上了。面對這一窗山水依偎的湖光冬景，真有書空咄咄之感，我的拙筆再無法描寫造化之玄美的萬一了。是的，我在北美落磯山見到的「露薏絲湖」，已經嘆為天物，夢迴意繞，久留心際，而此景此情，只覺周身為自然的靈氣所環繞，凡思俗慮，盡皆拋卻。蓋赫特君顯然是樂山樂水之人，他沒有催我，讓我靜靜地坐對這一窗的「天上人間」。

「夏天這裡美極了，客人多，冬天我們是從不開放的，今年是第一次。」那個留一撇俾斯麥鬍子的侍者如此對我說。真幸運，碰上了「第一次」。是的，夏天、春天、秋天一定都不可能不美的，但這樣的冬景，還可能有更美的嗎？也許，也許只有神州北疆的天池了！我同意詩人鮑

這一窗的「天上人間」（薩爾斯堡「佛西宮」所見「佛西湖」）

爾（Hermann Bahr）說的：「薩爾斯堡是永遠美麗的，你可以肯定，你當下見到的就是最佳絕的了。」

又去了幾個湖，不全記得她們的名字，只記得一彎如月的「月湖」（Mondsee），更記得七里半長的「霍夫岡湖」（Wolfgangsee），海拔六千尺，湖邊的葛爾芹村（St. Gilgen）是莫札特母親誕生的地方。送給世界這樣一位樂壇的奇葩，做母親的也應該與山水同其不朽了。

薩爾斯堡鄉郊五小時之遊，沒有一絲倦意，當晚，我在古城的「皇宮演奏廳」（Palace Concert in the Residenz），也是莫札特生前演奏的地方，聽了二個小時莫札特的樂曲。真要感謝夏爾埃普仇儷，是他們慇懃我去欣賞的。我對古典音樂的知識極之貧乏，但在這二小時裡，我是感到十分享受的，除了耳在聽，我的眼睛也在欣賞四周和頂上的壁畫，很像我在慕尼黑古老的「屏愛柯遜博物院」（Alte Pinakothek）所見羅賓（Rubens）的手筆。羅賓畫的女士，胴體豐碩而有靈韻。這一夜，竟徹

夜難以入眠，想是對日間之所見疑真疑幻，對太美的事物總是難以消受的。

翌日，我就用雙腳遊薩爾斯堡了。其實，整個「老城」是「汽車止行」的行人區，歐洲小城真懂得保存古趣，不是嗎？石濤的山川、倪雲林的煙霞中怎可以任汽車散放污氣？薩爾斯堡的「老城」沒有大道，只有小街和「迷你巷」。葛屈逖巷（Getreidegasse）又長又狹，長是長不過海城的「浩樸街」，但兩旁的街景卻與浩樸街大可競美。這裡的街道不像海城的那樣直，彎彎曲曲，即使是她的「四方廣場」也不是四方的。置身其間，如入迷陣。這個山城，古築新建多得不勝瀏覽。那個角落上是一個八世紀的寺院（Nonnberg Abby），這個角落上是一個二十世紀的劇院（Festspiehaus）；剛見到令人欣賞不已的「馬池」（Horse-pond），又面對有三十五個鐘的鐘樓（Glockenspiel）。千餘年的歷史文化都濃縮在幾里的方圓，特別引我注意的是「大學廣場」，這所三百六十三年

179　薩爾斯堡之冬

的古大學，雍容優雅，就教人想起海德堡的「大學廣場」，不過，這裡沒有出過像韋伯這樣的學人。薩城的精氣似是讓莫札特的音樂吸去了。當然，薩城的大教堂是不能不看的。十六世紀時，大主教寶銳克（Wolf Dietrich）雄心萬丈，想蓋一座比羅馬「聖彼得」更大的教堂，但還未動工，他已經被史悌克斯（M. Sitticus）取而代之了。後者請了義大利的素拉雷（Solari）重新設計，規模小了很多，不過也花了十四年的光陰，到一六二八年才完工，這座文藝復興式與巴洛克式混合的大教堂是中古以來「神權」與「王權」的象徵。當時，政教是不分的。從這座教堂可以想見昔日薩城定是氣象不凡，但絕沒有十九世紀世俗化、現代化之後的歡愉自由的氣氛！生活在今天的薩城人，比莫札特要快活多了。

在薩城哪一個「廣場」上，抬頭都可以望見巍巍然的古堡。走遍了古城，就想上山去一遊古堡了。天雪地凍，加之路斜多冰，薩城人就勸我坐纜車上去。

一登古堡，視野大開，眼下是薩爾沙克河一分為二的「老城」與「新城」（新城也有四百年歷史了），這景象與海城古堡所見的尼加河一分為二的「老城」與「新城」如出一轍。在海城殘缺古堡上看到的，是成百上千的片片粉紅色屋頂凝聚的「粉紅色的浪漫」，而這裡見到的則是白的、綠的、紅的，還有一種叫「帝王之黃」的黃色輻輳匯聚的彩色世界。屋宇的式樣也比海城多了。至於這個歐洲最大的中古古堡，它純是軍事性的建築，除了一個中世紀的陶瓷大火爐可賞外，就只有令人毛骨悚然的「受刑室」了，不像海城殘堡裡是一幢幢不同時代、不同格調的皇宮與庭園；論古堡之美還數海城。不過，站在薩城古堡的頂樓，向四周眺望，便是一波接一波的浮在天際的雪峰冰嶺。嬌小的薩城就躺在雄健的阿爾卑斯「前山」山脈的懷抱裡。在這兒，我了解到為什麼洪堡德古老的文化建築奇妙地融合一體了。也在這時，我了解到為什麼洪堡德（Alexander von Humboldt）要讚譽薩爾斯堡為「地球上三個最美的地方

之一」了。洪堡德是創立地理這門學科的學者，踏遍山川名城，是一位偉大的旅遊家。這位「德國的徐霞客」似乎未曾到過東方，他的品題許是誇大了，但他的鑑賞力是不能等閒視之的。

落了古堡，步行到依岩而築的暈克勒（Winkler）午餐。到頂樓的餐室是要搭「和尚的山梯」（Monk's Mountain Lift）上去的。暈克勒是著名的賭場，但我去的目的是要在那裡品嘗薩城另一角度的美色和一種叫Salzburger Nockerln的蛋白牛奶酥。想不到夏爾埃普伉儷已先我而至，他們也是慕名而來的。

那個中午，太陽特別亮麗，一邊看薩城之景，一邊品嘗蛋白牛奶酥，恐怕金聖嘆也不能不加上另一個「不亦快哉」了！真的，相信我，窗外的景色根本就是一幅佳絕的山水之城的大畫。古堡就在眼前，而山下薩爾斯堡新、舊二城在陽光和阿爾卑斯山雪光映照下繽紛生輝，這景色，與「聖山」「哲人路」上所見的海德堡，是二種異樣的美，但卻是一樣

海德堡語絲　182

的迷人。這裡橫跨薩爾沙克河的橋固然比不上尼加河上「古橋」的老趣雅健，但薩城四十幾個伸入蒼穹的教堂的塔尖，有哥德式的、羅馬式的、洛可可式的，就像一組鳴奏天樂的琴鍵！建築的音樂性，我總算深深體味到了。朝著夏爾埃普他們臨窗的方向，我舉杯。這對情意款款的夫婦顯然已為這美景所醉了！

漫天雪舞中來，又在漫天雪舞中去。離開這充滿仙氣的山水之城時，不禁頻頻回首。在回海德堡的火車上，我又想起海城友人的話：「你喜歡海德堡，你就不可能不喜歡薩爾斯堡！」

德國小城閒步閒思

我愛小城，特別是有大學的小城。德國多小城，很多是有大學的小城！就連西德的首都波昂也只是不到三十萬人的大學城！

德國的小城，氣氛好，趣味多，幾乎沒有例外地，都有博物館，都有書店，都有畫廊，都有生氣蓬勃的小街，都有隨時可以坐下來喝杯咖啡、飲杯酒的咖啡店和酒館，更教人喜歡的是，都有中古的鐘聲，都有二十世紀八〇年代的精神。在小城，撥幾個號碼，就可以與世界遠地的親友聊天，要去歐洲任何一個角落，踏上火車就是了。假如是有大學的小城，你就更不會有「邊陲感」或「遺落感」了，因為你就在時代的脈

搏上。來海德堡三個月了，有寂寞的時刻，但沒有無聊的日子。在異鄉作異客，更會知道自己是哪裡來的，更會聽到自己內心的聲音。這個世界，太忙碌，太講「溝通」，太「他人取向」了，也許識得了一大堆的人，卻忘了自己。的確，哲學家不是說，我們正是「個人結束」的時代的見證人？！在小城閒步閒思，最能發現自己。大詩人席勒說：「小巷就是自由」，小城多的是小巷。

德國的小城，十幾萬人就算不小的了，它多的是不上萬的「迷你城」。德國工業化始於一八三五年，是個高度工業化的城市國，但在三個德國人中，有兩個就住在不到十萬人的小城裡。海德堡附近的藍得勃（Ladenburg）就是頗為典型的。當秋剛來臨的十月初旬，在海城寒窗苦讀了十年的謝立銓和宋盛成兩位朋友，陪我去藍得勃。他們說，這是海

海德堡語絲　186

大學生的「必修課」。我們是騎單車去的。自劍橋之後，已九年未碰單車了。騎單車，那份舒適是很難形容的。當一片泥土香的田野展現在眼前時，我憶起的是近三十年前臺大讀書時去碧潭路上的青春野色。真感謝我的「離屋房東」顧忠華兄，是他與惠馨女士帶著孩子回臺省親，我才得有尼加河畔三個房的闊氣的「家」。他們還留下了單車，讓我使用，他夫婦不僅書讀得好，人也做得親切。

藍得勃已一千多年歷史了。建築不論是新的、舊的，都有濃厚的古趣，又雅致，又潔靜。德國政府對古城的保護每年用的錢是驚人的。香港真可憐，地小人多，房子蓋得越來越離開人喜愛的泥土了。我們選了一家小酒館，就在被視為「德意志精神之源泉」的尼加河邊，窗外是一輪正在下沉的紅日。謝、宋兩位樸實勤學，在德國浸久了，畢竟不是虛度，不止對本行的教育、文學懂得深、懂得多，即使一般社會政治問題亦都有見解。一聊起來，就海闊天空，古今中外。從小酒館的主人是土耳其

人，談到德國的「客工」（gastarbeiter）問題，談到德國的福利政策，談到德國的失業問題。德國現有二百五十萬人的失業。在可見的將來，大學生很少有機會就業，德國經濟雖居歐洲之冠，排在世界的前列，但失業是經濟結構的問題。這個問題苦惱著德國人，有人甚至把它歸咎於「客工」，這就太情緒化了。有時我不免會想起希特勒崛起前六百萬人失業的可怕數字。

跟盛成、立銓聊天，總不可能不聊德國的文化，不能不聊到歌德。一聊起歌德，盛成就興致勃勃。由歌德的戀愛史就很自然地轉到德國的女性上去了。從尼加河畔「上空」的豪放女，談到她們的體態，又談到西方繪畫中的「人體畫」。一談到「女性美」，問題就複雜了。美是有文化性的，文化會變，女性美的觀點也會變。立銓有他一套看法，盛成是位「古典主義」者，他一口氣提出了希臘的審美哲學，提出了美的一般性觀念。他對西方，特別是德國的文學真搞到通透。「小巷就是自由」

這句席勒的詩，就是他背給我聽的。談興仍濃，而紅日沉落已久；我們就移去一家樸素的餐館，一邊吃牛排，一邊繼續聊，當然少不了 Binding 牌的啤酒。周圍坐的，一眼就知是農人與工人，看他們喝得好開心，生活一定滿愜意的。小城，即使沒有大學，文化的情調還是挺不壞的。高承恕兄全家從比利時來海城時，告訴我臺灣有些小鎮很可愛，很有味道，但願寶島在現代化中還能保有一些傳統與鄉土的真趣。我知道費孝通先生在中國大陸鼓吹中小城鎮的發展。真的，要化解人口的壓力，這是一條應該走的路子。

那晚，回海德堡路上，田野寂寂，頭上是一輪清清的秋月，像故鄉的月！哪裡呢？忽然這樣的自問起來。是杜甫的鄜州之月？是臺北淡水河之月？抑或是香港吐露港之月？童年以來，東奔西走，故鄉之情已經種落在好幾個地方了！

以海德堡做「基地」，不過一小時，最多不過兩小時的火車或汽車，就可以到一打以上像模像樣，甚至王氣凌然，有自己風格，有自己傳統的大型、中型、小型和「迷你型」的城市。曼漢十二分鐘就到了，曼漢算是中型的城市了，有三十幾萬人口，尼加河在此流入萊茵河。它是第一輛單車（一八一七年）、也是第一輛「平治」車（一八八五年）問世的地方。曼漢大學的校舍是歐洲最大的「巴洛克式」建築，氣魄宏偉，原來它是巴拉汀大諸侯的宮宇。史派亞也距海城不遠，開車不需半小時。三千年前居爾特族就在此聚居了。小得很，迷你型的，但不可小看，它在西方歷史上有極深的根源，原來它是「神聖羅馬帝國」的老城。那座沉沉入睡的、歐洲最大的「羅馬式」教堂是康拉德二世在一〇三〇年建造的，在這裡埋葬的就有九個德國帝王之多。這個王氣已收的「迷你城」，有好幾個博物館，其中「酒的博物館」最有意思。雪維斯芹（Schwetzingen）在海城西邊，只幾里路程，又是「迷你型」的小城，但

海德堡語絲　190

又是不可小看的。它有一座會使你必然想起巴黎凡爾賽的宮宇大花園。這座宮宇大花園十四世紀就存在了，一度毀於宗教戰爭，又重建起來，到十八世紀大諸侯刁駝（Carl Theoder）手中更擴大修建，真是好不風騷，走三小時，還未看盡。「中國橋」遠觀就可以了，「阿波羅廟」很悅目，「浴屋」可見這位諸侯真懂得享受。我喜歡那個玩著煙斗的牧羊之神的石雕，而一座叫 Galathee 的女像，體態優美，靈氣逼人，硬冰冰的大理石竟能離出如許柔情！「世界末日」是一個小建築，使你看到一個通向世界盡頭的隧道，這就是著名的「幻影」。二、三十個風景點，夠讓你欣賞大半天，而宮宇中的十八世紀的「洛可可劇院」則是遠近知名、年年不絕的「雪維斯芹音樂節」舉行的場所了。

海城北上，一小時火車，即抵佛蘭克福。社會學中耳熟已久的佛蘭克福學派就在歌德大學裡。佛蘭克福是德國的大型城，本身六十萬人，加起周圍的衛星鎮，大約就上百萬了。去佛蘭克福當然不只是參觀歌德

的故居，佛蘭克福早於一三七二年已是一自由的帝城，聖保羅教堂是一八四八年第一次國民會議的聖地。很久以來，佛蘭克福已成為德國自由主義的象徵。大城可看的東西自然多，但我喜歡閒步閒思，太遠太熱鬧的地方興致就提不起來。德國大城中，要以慕尼黑最合我心意，因為它是大城的規模，卻有小城的優閒。而其博物館收藏繪畫之精富，看得教人過癮。杜勒（Albrecht Dürer, 1471-1528）的自畫像的確不凡，無怪乎德人視之為瑰寶了。不過，佛蘭克福倒是著名的書城，十月間我見到的書展真算開了眼界，無愧世界之最。可惜在數以百千的書攤中，一時找不到大陸、臺灣和香港的攤位，倒是看到了新加坡的攤位，給予我一份喜悅，雖然書少得很。

海城南下，在二小時火車可到的小城中，巴騰巴騰（Baden-Baden）無疑是很特出的。一般人都知道它是德國的賭城。的確，在凱屋（Kurhaus）右翼的賭館，金碧輝煌，令人目眩，「綠沙龍」、「紅沙龍」

和「白沙龍」分別展顯了路易十三、十四及十六時代的建築風貌，想不到賭徒還那麼有心情顧到藝術。是的，俄國大文豪杜斯妥也夫斯基窮是窮，卻在這裡賭過一手的。據說，在賭博之後，他的文思就如泉湧了。不能否認，十八世紀的希臘哥林多柱式的「凱屋」是一座精美雅致的白屋，不太像「白宮」，但品味真還不低！而屋前綠茵一片的大廣場，就使它在優雅中更帶有幾分氣勢了。凱屋旁邊的「傾客廳」（Trinkhalle）是一座巨大的羅馬式的建築，廳前配上十六根當地哥林多式的巨柱，氣勢還在凱屋之上。在凱屋右翼的咖啡座飲一杯當地「白酒之王」的 Riesling，似乎仍能聞到鄰近葡萄園的芬香。

巴騰巴騰只有五萬人口，規格卻真不小。它不止以賭著名，也以溫泉名世。三世紀時羅馬人已在此建浴池了，今天依然可以見到它的遺跡。十八世紀時，這個小城成為歐洲達官貴人夏季難乎不來的勝地，俾斯麥的老拍檔，威廉一世大帝，是巴騰巴騰四十年之久的常客，從這裡，你

不難想像這個小城不平凡的身世。小城街頭甚古雅，當你開步在奧格斯脫廣場，就不止可看到世界唯一靠賭館捐資建造的基督教「市鎮教堂」，還可欣賞到那份優雅從容的市景，一條「沃斯河」（Oos）輕輕流過市區，把賭城的俗氣都清洗掉了。巴騰巴騰的人口雖屬「迷你」型，但周圍卻有一萬七千畝森林，是德國城市森林中最大的，而離市中心不遠就是一個個鄉土清香的酒村了。

當然，距海德堡二小時車距的城鎮還有許多許多，我到過的很少。有些極有歷史文化價值的小城，像 Worms，像 Mainz，我都無時間去了。如果再加半小時左右從 Mainz 到 Koblenz，更有萊茵河兩岸一個接一個的小城，都是一天可以走完頭尾的城市。德國的小城真多，西德二千萬人集中在大型的，如柏林、漢堡、慕尼黑、科隆、佛蘭克福，中型的如杜

海德堡語絲　194

斯道夫、史圖葛、漢諾伐（Hanover）這些城市裡，另外四千萬人就分布在十幾萬人的小城或幾萬人甚至不上萬的「迷你」城了。令人驚異的是，有的小城，甚至迷你城，都有巨大的教堂，甚至有可觀的博物館，特別是十分活躍的現代的文化生活，由德國「橫」的空間的特色，使我對它的「縱」的時間的變遞發生了濃厚的興趣。

德國沒有「分久必合，合久必分」的說法，假如說德國歷史有一個特性的話，那就是分是「常」，合是「變」；或者說，合是虛表，分是實質。德國一直具有強烈的分立和多元的性格。十世紀的奧圖（Otto）大帝的「日耳曼神聖羅馬帝國」，聽起來神聖不可侵犯，其實，內部鬆弛得很，至少在十三世紀中葉之後，帝國就出現疆域分裂的徵象，個別的城市享有很大的自治權，十七世紀的宗教改革，更使帝國的政治分裂加上了宗教的分解。一六四八年，宗教戰爭結束，簽訂的淮斯特菲里和平條約，把帝國正式分為三百五十個「國家」，帝國有名無實，真可說列國

並峙，一天星斗。政治弱了，但文化則出現百花齊放的盛況，大有我們春秋戰國百家爭鳴、千巖競秀的景觀。十二月耶誕節後，海德堡大學的地理學系的佛雷克（W. Fricke）教授邀我去他家午餐，吃了一頓地地道道的德國大餐，飯後他給我看他珍藏的一本一六四八年德國的政治地理圖，密密麻麻的小國，沒有放大鏡真還看不清呢！十七世紀中葉，普魯士崛起，與奧地利平分「天下」，實際上仍是小國林立、各自為政的局面。拿破崙一八〇三年的「干涉」，才使小國世界結束，繼之而起的是中型國家的冒升，而帝國結構就更虛有其表了。一八〇六年，南方日耳曼國家宣稱獨立，神聖羅馬帝國即因佛蘭西斯二世之遜位而壽終正寢。歌德是從報紙上看到這則消息的，不過，對於他，僕人車伕間的爭吵比帝國的崩解還更引起他的注意。「德國？在哪裡？我找不到這樣一個『國家』」，歌德同時代的席勒就這樣寫著。誠然，在維也納會議時，梅特涅就說，德國只是「一個抽象的概念」。帝國實在是一個玩笑。艾倫特（E.

M. Arndt）作了一首歌，流行一時：「德人的祖國是什麼？是普魯士嗎？是思華弱（Swabia）嗎？還是沿著萊茵葡萄成熟的地方？」

日耳曼民族長久以來都是分為一個個大的、中的、小的「國家」的。一七八九年法國大革命時，神聖羅馬帝國的名下竟有一千七百八十九個大大小小的政治和行政單元。信歟不信歟？就算在一八一五年維也納會議時，出現的「日耳曼邦聯」也有三十九個國家之多，而邦聯還是個空殼子，權力還是在大大小小的「城市」手中，所以，德國在十九世紀中葉以前，基本上是列國並存、小國寡民的格局。這要到一八七一年，鐵血宰相俾斯麥手中才建立了有名有實的「第二帝國」，這才出現了「合」，但這個「合」在整個日耳曼歷史上不是「常」，而是「變」。第二帝國不到四十七年就在第一次世界大戰中崩解了。戰後，威瑪德國是個民主聯邦國，但由於戰債、世界經濟的蕭條、失業、通貨膨脹，紛至沓來，遂造成了希特勒一九三三年的崛起。威瑪時代政治上固然弱不禁風，不

197　德國小城閒步閒思

過文化上卻也是風華一時。無論藝術、音樂、科學、哲學，都燦爛生輝。

希特勒這個獨夫，一心一意要創造比俾斯麥更大的帝國，要為德國創造一個新的「大合」，但他這個「大合」，恰恰是德國歷史上最反常的「大變」。為了要完成「大合」的事業，便不能不用宣傳機器把自己吹脹、吹大，甚至神化，這是納粹的「造神」運動，結果是造成了世界浩劫，把德人也推進骨嶽血淵。

德人當中，喜歡小國的不少，文學巨靈歌德就是一位。他對大政治沒有信念。他自己曾做過小國的大臣，做得頭頭是道，可說是風調雨順，國泰民安。以歌德這樣縈縈大才的人，對大政治都無信念，那些IQ遠低過他，如希特勒之流，偏喜歡搞大政治，不教人擔心可乎？許多德國一流人物，像洪堡德，像史坦因（Stein），像馬雷彪（Mirabeau），都不以一個中央集權的德國是好事，海涅與尼采更厭惡膨脹的日耳曼民族主義，他們所追求的是自由，要做的是一個「好歐洲人」。

海德堡語絲　198

德國在二十世紀，發了兩次帝國夢，亡了兩次國。今天，德人的觀念是變了。西德的民主聯邦制走對了路。對德國言，「民主」是較新的，卻是一條大路；「聯邦」則是古老的傳統，而今天的聯邦中不但沒有了普魯士，而且沒有一個大首都，沒有一個大中心。它再沒有巴黎或倫敦一樣的「超級大城」（以前有柏林），不過，德國卻到處有中心。就文化來說，最大的圖書館在佛蘭克福，最盛的印刷業在漢堡，最多劇院的是慕尼黑，最多博物館的是西柏林，最全的國家檔案在柯勒尼茲，最豐富的文學資料在尼加河上的小城瑪白。科學的中心不是一個，而是分散在杜斯道夫、哥廷根（Göttingen）、海德堡、曼茲各地。在德國，很難說哪裡是文化的「中心」、哪裡是文化的「邊陲」，文化的聲光，處處可見，創造發明，可以來自各個地方。德意志聯邦的教育文化權分屬各邦，不是聯邦政府專有的。德國不是一個大中心，光芒四射，而是許多中心，交光輝映；大城固然璀璨輝煌，小城一樣幽幽生光。試想想，西

德現有一萬五千個公共圖書館，有一千五百個博物館。它們是聯邦的、邦的、市的、鎮的、教會的，這些博物館、圖書館、皇宮和教堂，真可說是「古為今用」。而許多小城之所以那麼有規模，那麼有氣勢，主要是它們都源於神聖羅馬帝國，特別是中古以來的政治文化，許多原來就是「城市國」，這些小城都有一套自己的「地方歷史」、「地方智慧」，這也就無怪乎它們有文化的厚度和活力，既古典，又有現代感。歷史傳統在現代化過程中的作用，再明顯不過了。講到這裡，我對韋伯所強調西方城市之有「自主性」、「城市自由」等概念，就有「豁然開朗」的感覺。

德國天空不像法國，沒有一個像巴黎的大太陽，而是滿天星星。

德國小城中，我最鍾意的是四個大學城：海德堡、佛萊堡、哥廷根和

吐并根（Tübingen）。這四個小城都有古老的、世界聞名的大學，在大學城中，國際情調特別濃。西德有一百零四萬大學生，其中六萬是外國來的。著名大學的外國留學生之比例就較高。沒有例外地，在大學小城裡，文化氣息也一定特別濃，酒館、咖啡店固然多，餐館也多種樣，而書鋪、藝廊、劇院更少不了。德人講究生活情趣，最喜愛講 stimmung（心情、心境）和 gemütlichkeit（舒適、愜意），這在大學小城中就表現得淋漓盡致了。

在四個大學城中，海德堡是最古老的，大學已經六百歲了。九年前第一次來海城時已經為她古典浪漫所吸引，今次在飄下第一片落葉的新秋時分重臨，越發對這個只有十三萬人口的小城情有所鍾，而居德期間在各地旅行的時候，海城更成為我的異鄉之「家」了。黑森林之都的佛萊堡，是現代感較多的古大學城，不止是它教堂的尖塔美得不可方物，閒步在它傳統與現代渾然融合的街道，也令人歡然有喜，樂而不疲。哥廷根大

201　德國小城閒步閒思

學城聞名已久,在我十一月下旬北德之行中,在漢諾伐遇到方漢華和她的夫婿克勞士‧杜勒教授(Klaus Dohler),克勞士的博士學位就是哥廷根大學的。他說在哥大得到博士,都得在「市墟廣場」噴泉的「挽鵝少女」銅像的臉上吻上一吻。到了哥廷根,最先找到的便是這個世界上被吻得最多的少女。看來她是一臉永恆的稚氣,不知她站在那裡已多久了?!哥廷根也只有十餘萬人,城亦不大,半天就閒閒地走遍了,好多文藝復興早期的建築,古意盎然,令人駐足難前。哥廷根大學是一七三四年創辦的,是「啟蒙時代」的標準產物。威廉廣場(Wilhelms Platz)Aula(大堂),肅穆莊嚴中,不失清麗。哥廷根大學在自然科學上的成就,卓然有聲,先後有二十九位諾貝爾獎得主,或在此讀過書,或在此執過教鞭。過去,它更是數學世界中的「麥加」。許多石像刻的都是這些科學界的名士。德國自然科學在二次大戰前,領袖全球,但現在科學的聲華就轉到新大陸去了。德國之失去科學的領導地位,跟希特勒這個狂人不能分

開，他把許多一流的人才，不止是科學家，統統逼走了。當然，世運的移轉，原因複雜，不說德國，整個歐洲都早已從高峰下落了。

四個美麗的大學城中，吐并根最小，應列為「迷你型」，人口僅七萬，但它也是昔日的帝國城市。在高高低低的山坡道上，隨處可見到十五、十六世紀精美的老建築，吐并根以大學聞名於世，而吐并根城與吐并根大學可說是一而二，二而一。吐并根一位學者說：「吐并根沒有大學，吐并根就是大學。」七萬人中三萬以上是教職員和學生。詩人荷德琴就出於此，鼎鼎大名的哲學家黑格爾，還有薛靈（Schelling）都在此讀過書。有人把黑格爾在思想史上的地位比之拿破崙在政治史上的地位，影響既深且遠。此君太有成見，像康有為，六十歲的黑格爾還是贊成三十歲的黑格爾。不像梁啟超，太無成見，不惜以今日之我與昨日之我作戰。德國是出產 isms（主義）最多的國家。如 Protestantism（新教教義）、Socialism（社會主義）、Nazism（納粹主義），都是德國土產。黑格爾

就出產 Hegalism，他講唯心，歌頌國家，一轉手，被希特勒利用，做了右翼極權主義的思想武器。馬克思把它顛倒過來，卻又出產了 Marxism，一轉手，又被史大林利用，用做左翼極權主義的思想符咒。先有集中營，後有 Gulag。太夠了，人類已受夠了。實際上，黑格爾主義、馬克思主義都是這種那種的「歐洲中心」的 isms。

在吐并根，最使人戀眷難忘的還是尼加河兩岸的風光，真美得精緻，在一片軟綿綿的白雪下，尼加河在這裡完全「柔化」了。於垂柳的河邊，會想起柳永的詞，更會想起劍橋的劍河風情。四個大學城，吐并根恐怕是最秀氣、最幽麗、最遺世獨立的。站在尼加河邊，凝視一幢幢、一排排如詩如畫的屋宇，不能不聯想到位於尼加河北端的海德堡。尼加河真幸運，它流過了兩個意境脫俗的大學山城。

幽麗秀氣的吐并根大學城

德國的小城,鐘聲特別悠揚。我常常會憶起劍橋大學聖約翰書院的鐘聲,伍爾華滋說:「那鐘聲,一聲是男的,一聲是女的」,每次想到這裡就不禁莞然而笑,真不能不佩服詩人的耳朵呢!閒步在德國的大學城,總不知不覺會懷念海德堡的姊妹城劍橋。劍橋是不折不扣迷人的「迷你型」的大學城!

附錄

最難忘情是山水

今年五月九日，中文大學應北京大學、清華大學及科學院的邀請，馬臨校長率領一個七人代表團前往北京作七日的訪問，我是團員之一。趁這次北京訪問之便，我又轉到江南作九日之遊。事先，內子與我已在香港參加了一個商業性的旅行團。行程是香港—廣州—南京—蘇州—無錫—杭州—上海—廣州—香港。我們是十八日在南京與旅行團會合的。大陸之行，共十七天，先後歷七城，縱貫大江南北，雖是走馬看花，卻也是頗有所見，略有所聞，更不無一些所感所思。這篇小文章則是根據旅行筆記改寫而成，是感性的、片段的、印象式的，談的不是什麼大問題，只是些山水名勝的觀感。誠然，神州之行，最難忘情是山水。「少小離

家老大回」（十四歲離故園，五十歲回去），心境居然如是的平靜！想是半百之人，已無「為賦新詞強說愁」的少年情懷了。

一九八五年六月十七日

耀基誌

北京

北京七日，一直住在北大勺園賓館（正式訪問畢，次日即搬到友誼賓館），寬敞舒適，環境清新。北大以原來燕京大學舊址為中心，古色古香，別有風格；校園大而平坦，最宜單車代步。如果無急事，漫步在花草樹木之間，倒也有份安逸的趣致。在有名的「未名湖」畔，早晚仍然能領略到北國春天的氣息。

北大是中國大學之魂，在五四、新文化運動中都扮演了主要角色。在

許多新舊建築和雕像中，使我忍不住要前往瞻仰的是蔡元培先生的半身像，據說是去年樹立的。蔡先生倡導的大學精神是「自由的精神」，也是「容忍的精神」。在他的領導下，北大才成為「囊括大典，網羅眾家」的學府。有子民先生的精神，北大才能成其「大」。子民先生的雕像較之北大清華校園中毛澤東的像是小得不成比例的，但瞻仰先生的像時，總覺得他有胸納百川的襟懷！

清華與北大只是一間之隔，世界上很少有二所著名學府如此鄰近的。二校雖只一間之隔，但它們卻有很不同的學風。

在緊湊的日程裡，我曾二度到清華園的「水木清華」。一池清淺，碧綠如玉，天光雲影，盡得風流，好一片優雅恬靜的小天地！真是名不虛傳的「水木清華」，無怪乎老清華的校友對她總是魂牽夢縈呢！

北京這個古都，給人一種闊大、古樸和博厚的感受，在遊賞長城、故宮、天壇這些古建築時，這種感受就更強烈了。

209　附錄　最難忘情是山水

到八達嶺，步上長城的城頭，看青山逶迤，白雲繾綣，真有千古之思。長城如一卷讀不完的史詩，記載了太多這個古老民族的滄桑！不知是不是因了城上萬頭洶湧的人潮，蠕蠕而動，突然使我覺得長城像一條滿身傷痕的蒼龍，他艱難的呼吸隨著群山起伏！

遊長城什麼季節都可以，長城是屬於四季的，但千萬不可假日去，人一多，風光黯然！

故宮是一座樓閣層層、殿宇重重的紫禁城，千門萬戶，深深不知幾許？這是明清二代五百年間二十四個皇帝居住的地方。格局之大，氣派之偉，實非我所見歐洲其他宮殿可以望其項背，而日本的皇宮，真要屬「迷你型」的了！這裡九千餘間房屋不知匿藏了多少稗官野史，清王朝的崩潰並沒有減少它神祕的誘惑力。

要欣賞故宮建築之美，最好到宮院後面的景山主峰。站在「萬春亭」上，紫禁城的全景都來眼前，檐檐樓閣，如浮在天際的片片彩雲；紅牆

海德堡語絲　210

黃瓦，金光閃爍，一波接一波的便是那著名的「宮殿之海」了。

北京是好古者不易消化的舊都。太多的古蹟，在匆匆的行程中是賞之不盡的。但無論如何，天壇還是「必看」的建築。天壇建於明永樂年間（一四二〇年），是帝王祭天之處，面積達四千畝，較故宮猶闊大，氣派軒昂，雍容華貴，有上國之風。自北門入，有「祈年殿」，南門則有圜丘壇，中間有三百六十米長的「丹陛橋」相連。「祈年殿」高三十二米，為一座鎏金寶頂，全由木建的三層重檐的圓型大殿。大殿由潔白的壇體襯托而起，壇分三層，四周以漢白玉為石欄，由於壇體逐次收縮向上，予人拔地而起，聳入雲天之感。有詩讚曰：「白玉高壇紫翠重，不是天宮似天宮」，確是寫景佳句！

在北京八天，除了北大、清華和科學院，足跡所至，盡是名勝古蹟。

南京

五月十八日，坐軟席臥鋪的火車於清晨四時抵達南京。

在北京火車站，我第一次經驗到交通「緊張」的滋味。偌大的火車站擠得水洩不通，軟席臥鋪不是一般老百姓容易買得到的，拿外匯券的港澳同胞，多少享有些免於擁擠的自由。

南京是六朝古都，在今日自再感受不到金陵王氣了。

在沒有與香港的旅行團會合前，樂得到處逛逛。

找不到「出租汽車」，倒樂於試試公共汽車。一上車，便見一四十左右的漢子，「噗」的一聲，朝車外吐了口痰，面不改色，氣定神閒，在單車如林的街上，居然無人遭殃，真是阿彌陀佛！北京正發起如火如荼的「反吐痰」運動，所到之處，不但不見有人吐痰，地面亦甚潔淨。故宮如此，太廟、西山、頤和園，乃至北海、長城都如此。在北京，吐一口痰，罰款五角，在南京是二角，是三角錢的價格差異，便有這樣不同

的效果？正懷疑間，路旁兩邊綠蔭蔽天的梧桐把我吸引住了。在此次所至的各個城市，街道二旁的樹木是令人喜悅的⋯此刻我仍然難忘北京機場路上那十幾公里的青青柳色。

南京夫子廟是熱鬧的地方，街容是又破又舊的，不過，倒有北京王府井不易見到的生氣。個體戶攤販上，金魚、雨花石、傢俬、牛仔褲都有，花樣不少。猛然看到橫掛著「貫徹活而不亂、管而不死的方針」的標語。在旅行期間，不常見到政治口號；關於經濟和「文明」的倒有一些，看來中共真決心想走出「一放就亂，一收就死」的經濟死胡同。我到北京的當天，正是物價調整的時候，大家就怕通貨膨脹，工資跟不上。

不錯，新街口一帶的商店齊整得多，依稀可以想像當年的風華，不過，而今卻也只落得破舊二字。在館子裡吃了頓餃子，不算差，我也不敢期望太多。館子外的景象使我不期然想起五〇年代的臺北，有點相似，又不相似，人太多了，單車也太多了，多得有一種壓力感。這種壓力感

在各個城市都一樣重。人，人潮，人海！人一多，人的尊嚴都降了幾度，又使我不能不想起北大清華所見的毛澤東巨像；是他說的：「人多好辦事。」如今，第一個大問題就是人口問題，大陸的四個現代化真是步履維艱啊！

新街口上的金陵飯店是一聳入天際的巨型建築，是一位新加坡華僑斥資四千八百萬美元建的。這座八〇年代的大樓，矗立在四周五〇年代或更早的建築物當中，那種對比真是強烈。看金陵飯店的設計，真會相信它是香港中環飛落到此的，無怪鎮日都有人群圍在門口向裡面張望。是對「未來」的好奇？還是對「資本主義」的迷惑？

南京的古蹟名勝不少，無梁殿，中華樓，皆今人低徊不已。玄武湖更比北海公園清雅幾分。站在雄健的長江大橋橋頭，看滾滾江水，自有一番豪情。但在旅行團參觀的節目中，印象最深刻的便是中山陵了。

中山陵是中山先生之陵寢，瞻仰者絡繹不絕。晨雨之後，鬱鬱蒼蒼，

更顯得沉雄博大，「中國國民黨葬總理孫先生於此」碑石上的金字，光澤如新，這是「重點文物保護單位」，看來是經常維修的。中山陵共三百九十二級，從下面望上去，層層疊疊，如有千級，有高山仰止之感；從上面往下看，則只見一片片廣闊的平臺，似全無階級也。此最能顯中山先生平易近人的精神。中山陵出自呂彥直的手筆，當時他不過三十許人，他的設計之難能處，在於捕捉住中山先生人格之偉大，卻沒有把中山先生塑造為神！

蘇州

從南京到蘇州，車外的水田越來越綠了，遠邊近處的紅磚村屋，在陽光下，顯得好新鮮。江南水鄉本有情致，農家添新屋，總教人看了歡喜。進蘇州，已是近午時分。梧桐的濃蔭遮不盡白牆、墨瓦的古意雅趣，小城的街道玲瓏得我見猶憐。還來不及咀嚼匆匆的第一面，汽車、單車、

人群之爭先恐後，此起彼落的喇叭聲，我那份準備擁抱江南半個仙鄉的心情已經冷了半截，更有那一塊塊、一條條店面上的簡體字，把這個二千四百九十九年的名城裝點得今不今、古不古。最難堪的恐還是穿插在大街小巷的小河，水仍是水，只是已成為與汙物浮沉的濁流了！

一牆之隔，改變了我蘇州之旅的情懷！

只需穿過一道牆，便進入四百年前明代的「拙政園」了。由東園進入中園，在「倚虹亭」畔，園中景色已難消受，小立「遠香堂」，南北皆是平臺池水，更幽趣橫生矣。池中復有二山，西山有「雪香雲蔚亭」，東山有「待霜亭」，山上遍植林木花竹，盡得自然之致，兩山之間連以溪橋，更有景景相連之趣。全園占地六十餘畝，水池為五分之三，亭臺榭閣，參差錯落，布局精妙，無一角度不美，無一景不可入眼，舉步所至，皆是秀色，真有「移步換景」之樂也。蘇州園林甲天下，洵非虛語，而行家評拙政園，「無一處敗筆」，難矣哉！

在姑蘇飯店過夜，好像沒有聽到鐘聲，我總忘不了張繼的〈楓橋夜泊〉詩。

次日清早，錢輝女士與她的親人陪我們欣賞「網師園」。此園築於南宋，清乾隆年間重修，格局不若「拙政」大，但精緻或有過之。步入牆內，第一眼所見，還懷疑此園名大於實，穿過幾處迴廊之後，心境不同，觀感也不同了；真是園中有園，景外有景，有迂迴不盡之感。未來蘇州之前，我在美國紐約大都會藝術博物館已經探望過「明軒」，明軒就是以網師園的「殿春簃」為藍本的。殿春簃布局高雅，應濃處濃，應淡處淡。誠是去一石，添一木，不可得也。沒有到過蘇州，東方園林恐只有讓扶桑獨步，遊過拙政、網師，方知中國園林藝術境界之夐絕。當然，京都園林的簡素之美，是非常醉人的。

在蘇州的園林中，耦園不是一般外來的遊客常到的，但我一見到錢輝女士，就表示要去一遊，因我不止一次聽賓四先生提起過。耦園坐落比

較僻遠，還要穿過不少小巷，汽車不到，遊客也就稀了。

踏進耦園，就有一種少有的寧靜與舒逸。在大陸任何風景點，無不是人潮洶湧，寧靜與舒逸已是太奢侈的享受了。耦園有一半已封閉，開放的一半蒼老中仍見秀挺，遊過拙政、網師，依然掩不盡它的悠悠清趣。林木扶疏，假山如雲，池不大而清幽，亭古拙而無華，一景一景又生，浮現在茂竹青松上的飛簷樓閣，最是幽雅清逸。錢輝說：「那是父親當年著述之處。」

遊蘇州的園林，就是入牆易出牆難，一出耦園，便是一條不堪入眼、不堪入鼻的小河，而河邊昂昂然旁若無人、吐著黑氣的工廠煙囪，又豈止是焚琴煮鶴?!

虎丘因車塞而作罷，寒山寺是到了，還見到那口給詩人靈感的古鐘。妙不可言的是，外賓和港澳同胞還可以登樓撞鐘三下！姑蘇的鐘聲未絕，只是不在夜半了。

海德堡語絲　218

無錫

無錫是工業城，也是江南旅遊勝地。現在的城址始於秦漢置縣，它的歷史甚至有二千年了。像所見的江南古城一樣，市容破舊雜亂，嗅不到半絲古雅氣味。從火車下來，汽車把旅行團送到無錫圖書館前。這是市中心了。一抬眼，樹上盡晒著衣褲，我已不驚訝，這是南遊以來常見的景色了。要探古尋勝，還得去風景勝地；說無錫之勝，自然是在太湖了。

不必到「太湖佳絕處」的黿頭渚，就可以欣賞到煙波浩淼、帆影點點的風光了。人稱太湖有湖光之秀麗，大海之雄奇，信然。太湖面積二千餘平方公里，遊艇縱馳其上，青波白浪，重巒疊翠，不禁想起文徵明「誰能胸貯三萬頃，我欲身遊七十峰」的詩句。據說，太湖不止四季殊狀，而且晴天有晴天之景，雨天有雨天之景，湖光山色，變幻無窮。此一時也，似一片輕煙，彼一時也，似綠玉晶瑩，若乃長風駕浪，則山水變色，

飛鳥絕跡，波濤呼嘯，足使人魂驚而汗駭！

遊罷太湖，夜宿水秀飯店，原來正在蠡湖之濱。蠡湖舊名五里湖，是太湖之內湖，略大於西湖。暮色晨曦中，漫步湖邊，平疇一抹，正是江南水鄉情味。蠡園臨湖而建，亦有柳浪聞鶯、南堤春曉、曲淵觀魚諸景，昔人好把五里湖與西湖相比；西湖秀豔，五里湖老逸蒼涼。其實，蠡湖之美還在它的故事。相傳二千四百年前，范蠡助越王勾踐滅吳復國之後，功成身退，結屋於山水相依之湖濱，終日與西施泛舟五里湖上。後人為紀念他們，將五里湖易名蠡湖。中國的名山大川，常常因美女名士而抹上浪漫性格，平添無限相思。

無錫的古蹟名勝能不為太湖淹盡的不多，寄暢園、惠山寺就有這樣的魅力。

寄暢園應是蘇州之外最美的園林之一了。

明正德年間，兵部尚書秦金將元代南隱、漚窩二僧房，闢建為園，名

海德堡語絲　220

「風谷行窩」。其後裔秦耀經之營之，更名「寄暢園」。蓋仕途多舛，被誣罷官，從此看空一切，寄情山水。寄暢之名，想是從〈蘭亭序〉：「一觴一詠，亦足以暢序幽情⋯⋯因寄所託，放浪形骸之外」借「意」而來，而寄暢園之不輸拙政、網師者，亦正在其「借景」之妙。

園不過十五畝，但入其園，頓覺天地寬暢，惠山諸峰，飄落在樹梢之上，錫山的龍光塔更飛移到池邊水榭。園內與園外連為一景，園林建築中借景手法之高卓，無以復加矣。

「錦匯漪」是園中央的一泓池水，大不逾二畝，但寄暢園的爛縵錦繡全部匯攝於此。池中心一側，有水榭知魚檻，與對岸石磯鶴步灘相對峙。水池由南向北，長廊臨水曲曲不盡，池邊有郁盤亭、清響月洞、涵碧亭等。山影、塔影、樹影、花影、雲影、鳥影盡匯池中，錦匯之名，誰曰不宜？乾隆第一次南巡邂逅此園時，愛不忍去，回京後，在頤和園東北角，仿此園造了惠山園，以解眷康熙、乾隆都曾六度遊賞此園，題詠不絕。

愛之思，但於第五次南巡回京後，總覺無法與寄暢比美，乃將惠山園改名「諧趣園」。乾隆不算俗人，亦頗能欣賞山水之勝，居然不知寄暢「借」來之景，乃天造地設，盡得自然之機，豈可乾坤另造？

說到「借景」，我忽然擔心起蘇州的園林來，園外高層樓房、工廠煙囪，恐已不借自來的伸入園中了。聽說過蘇州城內今後不許設廠，也不准蓋三層以上的樓房了！但願古城名園，還來得及挽救！

訪惠山寺，總是想看看被茶神陸羽品為「天下第二泉」的惠山石泉水。但真正令我留戀不去的卻是竹爐山房毗鄰的「雲起樓」。初不知有雲起樓。入得寺中內院，仰頭抬望，直不信此處有如斯景色。在翠柏青松之間，一組隨山起伏、疊疊層層的古建築，隱隱現現，漸次升高，宛若懸在天半的仙閣樓臺，令人有出塵之想。原來中間一層，就叫「隔紅塵」！傳說康熙遊惠山時，想召見一位道行深厚的高僧，誰知這位高僧拒絕見駕，說：「化外之人，早已隔絕紅塵，名利富貴，已

成身外之物。」結果有人替康熙在山坡上造了一條曲折的迴廊，於高下交接處就叫隔紅塵，表示已身入仙境，皇帝就可以與高僧交談了。傳說儘多穿鑿附會，卻是增添了山水之玄美。隔紅塵最高層有樓三楹，就是「雲起樓」。雲起樓原為惠山寺「天香第一樓」故址，取名雲起，是用「山取其騰踔如龍，樓取其變化如雲」之意。在「雲起樓」不能不想起新亞書院的「雲起軒」。雲起軒為饒宗頤先生所取，軒不大，亦非華美，然馬鞍山之雄奇、八仙嶺之峻秀、吐露港之清麗，盡在眼底；坐看雲起時，固可忘憂，而談笑有鴻儒、往來無白丁，軒自不陋！

杭州

抵杭州時，是清晨六時許，車從碼頭去花港飯店的途中，曉風殘月，柳絲如髮，西湖朦朧中的初醒，竟引不起我的驚豔！當時只想洗個熱水澡，大睡一場。

在船上十三小時，從無錫到杭州。運河的汙臭，客船底艙的髒亂，當我在無錫湖濱路上船時，所見所「聞」，已很難再有「乾隆下江南」的心情了。我們是船底統艙裡的硬席臥鋪，倦了可以入睡，也就「既來之，則安之」。傍晚時分，到上面硬席坐鋪一層，只想看看運河的暮景，艙的窗子太小，看不遠。但站了五分鐘，再也看不下去了。一堆慘綠少年奇形怪服，但一見還看得出不是外來的，播著手提錄音機裡的搖滾樂，聲震耳鼓，又跳又抖，全不顧其他旅客的心情。一個老年人雙手蒙耳，無奈地綣縮在坐位的一角；不知他會不會把這種「汙染」歸罪於香港？！

船在運河是很平穩的，詎知夜晚入太湖後，風濤驟起，排浪擊船，旅行團中一位七十歲的阿婆，輕輕問中旅社的「全陪」小盛，「安不安全？」正說間，隔壁床鋪大叫一聲，水浪已破窗而入。一位六十來歲的男士，找到女服務員理論。「我怎麼睡？床被全溼了，身子也溼了，這種事根本不應該發生的，窗子這麼破舊，早該修了！」未幾，穿藍衫的船長來了。

海德堡語絲　224

說著說著，吵起來了。船長胸中的積悶也爆發了……「你要打報告？好哇！報告寫得越長越好，報告打給越高的越好！我是小小船長，有什麼權？我報告上級不知多少次了，有什麼用？你行，你去打報告！」艙中的人都醒了，有些人在發評論。這時，轟隆一聲，湖水沖進我的那個小窗子了。我實在不忍責備她，也沒有精神跟船長去理論。又溼又倦，被褥、衣褲也全溼了。那位女服務員倒勤快地過來了，向我看一眼，作無奈的苦笑。我坐著挨天亮，煙斗也變成水煙筒了，抽起來總有些異味。

記得當「全陪」小盛在無錫告訴旅行團時說：「對不起大家，去杭州的火車軟席坐票實在太緊張了，沒有辦法買到，我們只好改坐船了，請大家合作。」旅行團的廣東團友，都說：「唔制！」但我知道小盛已盡了全力，他是一位很有禮數、又有服務熱忱的青年。我勸大家合作，還開玩笑：「當年乾隆皇帝下江南也就是坐運河船的呀！」團友知道別無他法，也就依了；當然大家都沒有領略過內陸坐船的滋味的！一位女團

225　附錄　最難忘情是山水

友倒也有意思,她說:「旅行就是摩登走難!」

到杭州當晚,中旅社的一位負責人,特別在「杭州風味廳」設宴為我們這個旅行團「壓驚」,這是一頓上好的杭菜。不過,當我喝第一口紹興酒時,已覺渾身酸軟。從杭城起,我就抱病旅行了。

二歲時曾在杭州,對這個與蘇州並譽為人間天堂的古城,當然一無記憶,但從詩章中,從畫片裡,我對杭州是不陌生的。

靈隱寺,已一千六百年了。建於東晉年間,規模氣勢都不同凡響,但我總覺得沒有家鄉天台山國清寺那份不染塵俗的清趣。

靈隱寺的飛來峰,是否由天竺飛來,信者自信,疑者自疑,峰中壁上的石刻倒確是宋元的真跡。臨溪岩上的彌勒佛,一手按布袋,一手捻佛珠,袒腹踞坐,遠遠已聞其笑聲。

隨旅行團,如蜻蜓點水,訪岳王廟,遊龍井、六和塔,再涉九溪十八潤。不知是否病中心情,總覺無甚趣味,倒是「虎跑」令人喜愛。「虎跑」

是一古寺院，以泉水出名，傳說唐代僧人寰中居此，苦於無水，一日夢有「二虎跑地作穴」，醒來，果見泉水自土湧出，故名「虎跑」。其水甘冽清醇，被譽天下第三泉。寺中有高僧道濟的塔院遺址，果如母親所說，這位嬉笑人間、菩薩心腸的濟公活佛確是我家鄉天台縣人。

在虎跑品龍井是一大享受，「龍井茶葉虎跑水」，號稱「雙絕」。「第一杯香，第二杯甜，第三杯清肺。」如是說，亦有如是感受。離寺前，去洗手間，一人索錢一角，團友出來後大呼：「好抵，物有所值。」誠然，在運河船上，在城裡，在風景區，去不收錢的廁所已不止是女士需要勇氣的事！

杭州的美，當然不限於西湖，但沒有了西湖，她便沒有那份儀態萬千的風華了。西子湖的美，在山水之間，也在騷人墨客的文章詩詞裡。讀了東坡居士的「水光瀲灩晴方好，山色空濛雨亦奇；欲把西湖比西子，淡妝濃抹總相宜」，西子湖還有哪個時分、哪個妝束不令人戀慕呢？

227　附錄　最難忘情是山水

沒有到西湖，西湖十景早已熟記胸臆了。春已逝，但在柳浪中依然若有黃鶯的唱囀；秋未臨，平湖的明月仍會感到格外的清輝。此時遊湖，斷橋不見殘雪，曲院難聞荷香，但詩中之畫，多少補上眼中未見之景。在西湖，舉目所讀之景，莫非一篇篇上佳小品文；漫步白堤蘇堤之上，更像是踏在一首首千古傳誦的詩篇上了。

我總覺得，中國的風景，無論小小園林，或是崇山峻嶺，都脫不了人文歷史的渲染，幾千年的文化，連山水都中國化了。猶記去夏遊北美落磯山，但見群山排空，氣吞斗牛；蒼嶺負雪，燭照萬峰，那種大自然生命的原始躍動，驚心慴魂，而幽谷寂寂、山水依偎之態，卻又有一種從未沾過人間煙火的天地靈氣！

上海

　　上海不是山水之鄉，風景是談不上的，但這個曾是東方第一大都會而

今有一千二百萬人口的城市,卻是我少年讀書遊憩之地,故地重來,總多一些感觸。

到上海已是午夜時分,宿寶山賓館,距市區甚遠。翌晨,遊城隍廟「豫園」。園內園外盡是人潮;城隍廟比南京夫子廟還旺得多,但髒亂破舊,趣味索然,最不可解的是,到處設有「地下痰盂」。在公共場所吐痰的惡習真還只能「疏導」,而不能禁絕?北京能,上海為什麼不能?

豫園不是無可看,但看過蘇州、無錫的名園之後,是可看可不看了。

唯一令我感到興趣的是那塊「玉玲瓏」,這是被稱為盡得「皺、瘦、漏、透」四妙的天下第一的太湖石。中國的園林,少不了假山,也就少不了百態千狀的太湖石。

從城隍廟到外灘,不知經過多少大街小巷,我幾乎沒有看到一幢像樣的新建築。外灘的面貌我是熟悉的,三十五年前的一座座臨黃浦江的大廈,雖然換了名,也老態畢現了,但仍然依稀可以辨認。站在馬路的安

全島上，的確是回到了一個熟悉的地方，卻又有巨大的陌生感！旅行團要去參觀一個展覽會，我們脫了隊。內子陪我沿南京西路（原靜安寺路）尋找我少年時的舊居。南京西路倒是很清潔的，路旁似更多了些樹木。不很久，我就找到了。巷口儘管被幾個臨時性的建築橫七豎八的擋著，我還是認得的。進了巷，轉了個彎，沒幾步，就看到那座三層的樓屋了。紅磚褪了些色，門牌未變，禁不住朝三樓望去，窗口伸出一根竹竿，上面掛著一件已經晒乾了的衣衫，那是我少時的房間！在屋外徘徊了好一陣子，終於敲了門，其實門是開著的。應門的是一位清秀的少女。「我很久很久前在這裡住過，能進去看看嗎？」「可以的，請進來，隨便看。」一入客廳，只覺得又窄又暗，原來客廳已分割為幾個房間了。我熟悉地走到花園，花園也堆滿了雜物，花草是沒有了，但那棵玉蘭花還在。我沒有上樓，我知道上面住了幾家人，不想去打擾，反正也找不回少年的時光了。離開了那座三層的樓屋時，在巷口，忍不住

海德堡語絲　230

回頭。我知道我不會再回來了,到底那已不是我的家了。

廣州

從白雲機場到白天鵝酒店,又是近深夜的時刻。傷風還沒有全好,人倦得很,洗了澡,吃了在上海國際飯店買的藥,就睡了。元禎收看著電視上香港小姐的複賽!

翌晨,搭第一班早車返香港。在火車上,回想著十七天的大陸之旅,少小離家老大回,一別三十六載,最難忘情是山水。

當代名家
海德堡語絲

2025年5月三版　　　　　　　　　　　　定價：新臺幣600元
有著作權・翻印必究
Printed in Taiwan.

著　　　者	金耀基
叢書主編	王盈婷
副總編輯	蕭遠芬
校　　　對	林碧瑩
內文排版	蔡憶俐
封面設計	陳宜楓

出　版　者	聯經出版事業股份有限公司	編務總監	陳逸華
地　　　址	新北市汐止區大同路一段369號1樓	副總經理	王聰威
叢書主編電話	(02)86925588轉5316	總經理	陳芝宇
台北聯經書房	台北市新生南路三段94號	社　長	羅國俊
電　　　話	(02)23620308	發行人	林載爵
郵政劃撥帳戶第0100559-3號			
郵撥電話	(02)23620308		
印　刷　者	文聯彩色製版印刷有限公司		
總　經　銷	聯合發行股份有限公司		
發　行　所	新北市新店區寶橋路235巷6弄6號2樓		
電　　　話	(02)29178022		

行政院新聞局出版事業登記證局版臺業字第0130號

本書如有缺頁，破損，倒裝請寄回台北聯經書房更換。　ISBN 978-957-08-7622-2 (精裝)
聯經網址：www.linkingbooks.com.tw
電子信箱：linking@udngroup.com

國家圖書館出版品預行編目資料

海德堡語絲/金耀基著. 三版. 新北市. 聯經. 2025年
 5月. 232面. 14.8×21公分（當代名家）
 ISBN 978-957-08-7622-2（精裝）

855　　　　　　　　　　　　　　　　　　114002077